夫婦包丁のおしながき

遠藤遼

ポプラ文庫

目次

序　4
第一章　お佐江と弥之助　34
第二章　祝言の味噌汁　72
第三章　老中おもてなし膳　102
第四章　江戸そぞろ食べ歩き　172
第五章　豆腐料理の心と握り飯　216

序

「おい、弥之助（やのすけ）。ほんとうにこんな料理をお殿さまにお出しするのか」

髷に白髪がだいぶ目立つようになった武士が、荒木（あらき）弥之助の手元を見ながら目をむいていた。

白襷（しろだすき）を身につけ、真剣な表情の弥之助が料理から目を離さずに答える。

「はい。父上」

弥之助は調理に集中していた。

包丁を動かす。

箸と手を使って材料を鍋に入れ、煮る。あるいは焼いたり、蒸したりする。

やわらかな豆腐、かたい牛蒡（ごぼう）、繊細な山椒（さんしょう）の葉、大きな魚――それらが舞うように動き、自ずから変化（へんげ）するように、みるみるうちに料理の数々へ変わっていった。

料理のなかに飛び込んでしまいそうな真剣さで、弥之助が調理し、盛り付けている。

まるで真剣を帯びての御前試合のようだ。

ゆえに、寡黙である。

生来の気質に、この料理への熱意が結びつけばこうなるとわかるが、親族であっても弥之助の笑っているところは年に数度見るか見ないかだった。

「わが家は代々波前藩（なみまえはん）の御料理番を務めてきたが、これは――」

白髪交じりの武士、弥之助の父・荒木清兵衛（せいべえ）が嘆息する。

弥之助が顔をあげた。

「ご安心を」

「ふむ……」

父の不安げな顔に、弥之助は少し言葉をつけ足す。

「荒木家の名を辱（はずかし）めるような料理など、この弥之助、死んでも作りませぬ」

そう言って弥之助は、自信ありげに頬をゆるめた。

「ああ。この大根の漬物。これぞわが故郷の味」

と相好を崩した酒井重親（さかいしげちか）が、漬物を音高く噛みしめた。

日本海に面した波前藩の藩主であり、この波前藩江戸上屋敷の主である。

重親は三十半ばなのだが、すらりとしていて肌つやもよく、若く見られる。目つきは穏やかだが頬は引き締まり、華美ではないが丁寧に整えた身なりからは質実剛健な人柄が漂っていた。

だが、大好物の漬物をまえにすれば、少年のように目を輝かせるのである。

重親が食べている大根の漬物は、白い大根をたっぷりと天日に干し、一回りも二回りも小さくなるほどになかの水分を飛ばしたものだった。雪のように純白な大根は、干されてしわがより、薄い黄色みを帯びている。けれどもそのぶん、うまみも滋味もぎゅっと詰まっていた。

重親の健康な歯で嚙めば、大根の漬物は軽い抵抗をみせたあと高い音を立てる。嚙めば嚙むほど、高い音が繰り返され、漬物の塩気を帯びたおいしさが口のなかに広がる。

とろけんばかりの表情で、重親が白い飯をかき込んでいた。ばりばりと大きな音を立てて食べるさまは、胸がすくようである。

米の甘みと大根の漬物のうまみが混ざり合い、箸が止まらないようだった。

「ふふ。殿はほんとうに、この漬物がお好きなのですね」

と隣で膳をともにしていた重親の正室・俊姫（としひめ）が笑った。俊姫は二十半ば。北国生まれらしい肌の白さと聡明さで評判だった。夫である藩主・重親とは十ほども年が離れているが、その夫を見る目は慈母のようにやさしい。

漬物を深く味わっていた重親が、目を大きく開いてうなずく。

「当然だ。わが波前藩の大地が育てた大根を、わが藩の民が干して作った漬物。世にこれほどの美味があろうか。ああ、江戸への道中で何度夢見たことか」

いまは四月。昨年取れた大根を冬のあいだに干して漬物にしたものを、国許から取り寄せ、切らさないようにしていた。

江戸で手に入る珍味の類いと比べれば、値はごく安いものだ。

しかし、故郷の大地と風と太陽の恵みをすべて集めたような薄い黄色の漬物は江戸にあって江戸を忘れさせる。

「殿のおっしゃるとおりです。この大根の漬物は波前藩の宝」

と俊姫も漬物を品よく口に入れた。彼女からもこりこりというよい音が聞こえた。

重親ほどではないが、俊姫も大根の漬物を好んでいるのである。

波前藩は小藩である。

幕府天領でもなく、親藩でもない。

関ケ原の戦いよりまえから神君家康公に仕えてきた譜代大名ですらない。

いわゆる外様大名である。

武勲に秀でてもいなく、金山や特殊な名産を抱えてもいなく、徳川家にゆかりの寺社もないのだが、どういうわけか領土は安堵されてきた。

石高は二万石。減りもしない代わりに、増えもしない。

周囲の外様大名は大きな藩ばかりである。

たとえば加賀藩。

俗に百万石とも称される北陸の勇である。

そのそばにあって、まるで忘れられたように波前藩があるのだ。

吹けば飛ぶような波前藩は、加賀藩のそばでひっそりと菫のように咲いていた。


小さな藩ゆえによいこともあると、お佐江は思っていた。

何かしらの節目節目に、藩主と正室だけではなく江戸屋敷詰めの武士や女中たちもともに夕餉を囲むことができるのも、そのひとつである。

決して珍味佳肴の類いがずらりと並ぶわけではないが、こうして食べると普段よりもおいしく感じられるから不思議なものだった。

畏れ多くも藩主やその正室と膳を一緒にできるという分け隔てのない波前の家風

が、お佐江は好きだった。

お佐江は俊姫の女中である。

下座の片隅で小さくなりながらも、いつもの食事がとてもおいしく感じられる喜びに、思わず知らず笑みがこぼれた。

夕餉を囲むという形式は当代の重親が「ひとりで食う飯はつまらぬ」と始めたことだ。

膳の内容は、さすがに主従で違う。

重親の膳は、白米を炊いた飯、根深汁(ねぶかじる)とも呼ばれる長ねぎの味噌汁、御料理番が奮発して仕入れてきた平目の刺身、若布(わかめ)の酢の物、野菜の煮物、それに先ほどから重親が喜んでいる大根の漬物で、これが一の膳だった。

二の膳には鱚(きす)の塩焼きと蛤(はまぐり)の吸い物がある。

家臣やお佐江たちの膳は、飯が麦飯なのと平目の刺身が少ないのをのぞけば、重親の一の膳と同じ献立だった。

家臣や女中たちにとっては、たいへんなご馳走である。

今日は、参勤交代で重親が一年ぶりに江戸屋敷に帰ってきた迎えの日。膳の内容も普段から見ればかなり奮っていた。

お佐江は早く食べたい気持ちと、もったいなくて少しずつ食べたい気持ちの両方でいっぱいになりながら、丁寧に箸を使っていた。

お佐江の隣の女中仲間がくすくす笑う。

「なんですか」

「うふふ。いえね、お佐江ちゃんがずいぶん大切に食べるものだと思って」

「それはそうです。食べ物はお天道さまと仏さま、天地人の恵み。お米の一粒、菜っ葉の一枚まで大切にいただかないと」

お佐江は十七歳。どれほど食べても太らぬし、何もかもがおいしい。殿さまや俊姫さまといっしょの場にいる晴れがましさが、さらにおいしく感じさせている。

根深汁は濃くだしを取っていて、味噌もふんだんに使っていた。長ねぎはいつも野菜を納めてくれる八百屋が自慢の品である。やや太めで、煮込めば煮込むほどに白いところがとろけるようになり甘みが出てくる。そこに、油揚げを細かく刻んだものを散らし、こくを加えていた。

平目は高価な魚だ。庶民の口にはまず入らない。今日というハレの席にふさわしい、透き通るような白い身は見ているだけで惚れ惚れする。口に入れればぷりぷりとした歯ざわり。むしろ歯を押しのけようとするほどにしっかりしていながら、嚙むほどに平目の上品なあぶらが口に広がった。

「おいしいですね」

と、お佐江があらためて隣の女中仲間に言うと、また笑われた。

「お佐江ちゃんの食べ方があんまり幸せそうで、おいしそうで……」

おいしいのだからしょうがない。

若布の酢の物は、きりりと酢がきいていた。けれども、酸味はすぐに口のなかでほどけ、さっぱりした舌の上には若布の食感と味が残る。

野菜の煮物は里芋、蓮根、牛蒡、人参（にんじん）、大豆などが、だしと醬油で炊き上げられていた。ひとつひとつの野菜の味も歯ごたえもきちんと残っているのに、たがいの香りや味が引き立て合っている。

けれども、どんなに豪華な料理や滅多に口にできない高級な刺身よりも、遠い波前藩の人びとが作った大根の漬物を何よりも愛してくださる殿さまたちの心根がうれしい。

こういう殿さまたちにお仕えできる自分はとても幸せだと思う。

お佐江はその気持ちを嚙みしめるように、自分も大根の漬物を音高く味わった。

「さ、どうぞ」と俊姫が重親に酒をついでいる。

重親がにこにこと酒をのみ、

「ああ、うまい。おまえものみなさい」

と、妻に酒をついでやる。

「はい」と俊姫がそっと口をつけ、酒をふくんだ。

重親がふと箸を置く。

「ああ……。国許を離れてさみしいが、俊姫の顔を見ればほっとする」

一同が微笑みを交わした。

藩主・重親はこの一年、領国である波前藩を離れ、参勤交代で江戸屋敷に詰めるのである。

来年の今頃になれば期限が来て、重親は国表に戻るのである。

参勤交代は三代将軍家光（いえみつ）のときに確立した。

すべての藩主は一年おきに領国と江戸を行き来して江戸を守ること。

江戸屋敷には藩主の在不在を問わず藩主正室と嫡男を住まわせること。

大きくはこの二点が参勤交代の要点である。

さらに言うなら、参勤交代にかかわる費用はすべて各藩の負担でもあった。

重親が参勤交代を終えて国許に戻れるのは、波前藩の領民たちには安心だろう。

重親自身も、なれない江戸の水としきたりと人づきあいの難儀さから解放される。

けれども、妻である俊姫を置いていかねばならない。

幕府の老中や他藩の者どもに言わせれば、

「それはほれ、正室の目の届かぬ国許でいろいろよろしくできるではないか……」

となるのだが、重親にはそのような側室めいた女性はいない。

子について言えば数え二歳の三郎丸(さぶろうまる)——波前藩酒井家代々の幼名である——が嫡男でいるばかりなのだが、江戸に残さねばならない。

国に戻れば好きな大根の漬物は食べ放題だが、ひとりになる。

妻である俊姫やわが子・三郎丸の顔を見ながら食べる大根の漬物ほどうまいものはないと、重親は思っているようだった。

そのとき、よく透る声で俊姫が笑った。

「殿はいつまでも駄々っ子のようで。わたくしの目の届かぬ国許で側室のひとりやふたり、お好きなだけ見つけければ、日々の張り合いも出ましたでしょうに」

「そうは言うが俊姫……」

「それでこそ藩主の体面も保たれるというもの。嫉妬などいたしませぬ」

降参とばかりに重親が肩を揺らして笑う。

「はっはっは。当家の政所（まんどころ）さまは戦国の世の武将の妻そのものだ」と近くで膳を与えられている家老の遠山近政（とおやまちかまさ）に言ったあと、「とはいえ、気をつけねばならぬぞ。いまの言葉を真に受けて側室を作ろうものなら、政所さまは途端に鬼になってしまうかもしれぬ」

これには俊姫が赤面した。

「まあ。殿こそなんというおっしゃりようでしょう」

「おお、怖い怖い。もう角が見えておるぞ」

と重親がおどける。

みな、声をあげて笑った。

ふたりのやりとりに一緒に笑いながら、お佐江はほのぼのしたものを感じていた。

結局、藩主さまと俊姫さまはお似合いでいらっしゃるのだ。おふたりが仲睦まじいからこそ、今夜のお膳もことのほかおいしく感じられる……。

普段の質素なごはんもおいしくいただいているが、今日のようなちょっと豪華なお膳はとてもおいしい。

お佐江がしみじみと里芋の煮物を味わっていると、俊姫と目が合った。

「殿が国許にいらっしゃるあいだ、子の三郎丸もみなもいますし、お佐江もいる。わたくしはひとつもさみしくありませんから。ねえ、お佐江」

お佐江はいきなり自分の名前が出て背筋が伸びた。

「は、はい。――ごほ、ごほっ」

「おやおや。急に話しかけたので驚いて里芋を喉につまらせたかしら」

「だ、大丈夫です」と言いつつ、お佐江は根深汁をすする。「はあ……」

今度は重親が、お佐江に声をかけてきた。

「お佐江は、俊姫が『おきせ』という名だった頃から妹のようにかわいがっていた女中だからな。もしかしたらわたしより俊姫のことをよく知っているかもしれぬ」

お佐江が平伏した。

「と、とんでもないことでございます」

お佐江は波前藩の生まれではない。

江戸日本橋の大きな呉服屋の生まれだった。

ところが、彼女が四つのときにある事件で店が火事になって焼け出された。生き残ったものはわずかな奉公人ばかり。お佐江は行き場を失ってしまったのだが、その呉服屋を贔屓にしていた俊姫の母が不憫に思い、引き取ったのである。

俊姫も、お佐江を気に入った。

それゆえ、お佐江と俊姫は年はやや離れているものの姉妹同然の関係だった。

俊姫は、お佐江をさらにからかう。

「殿のおっしゃるとおり。お佐江はわたくしの妹とも友とも言える娘。殿のいないあいだは、お佐江とふたりでおいしいものをたんと食べて待っていました」と俊姫が、お佐江の膳を覗くようにしながら、「あら、もうだいぶ減っていますね。わたくしのをわけてあげましょうか」

「い、いえ。滅相もないことです」

お佐江、冷や汗をかいている。お佐江は色白だが、誰もから美人と褒めそやされるような娘ではないかもしれない。しかし、どんなものもおいしそうに食べる姿がなんとも愛らしかった。

その美点を知っている重親が楽しげに、お佐江へ尋ねた。

「今日の膳、お佐江は何が気に入った」

「はい。煮物のなかの里芋とずいきがとてもおいしくて。――あ、大根の漬物もおいしかったです」

ずいきとは里芋の葉柄のことで、皮をむいて乾燥させたものは干しずいきとか芋がらなどとも呼ぶ。

重親が苦笑した。「きょうの刺身は口に合わなかったか?」

お佐江は大慌てで首を横に振る。

「いいえ。とてもおいしかったです」

「ふむ?」と重親が楽しげにしていた。

からかわれているのかも……。

「この里芋やずいきの煮物は大地の恵みと人の手とが作ったお料理で、波前藩の土地の味つけだったので」

大根の漬物のように波前藩の大地と風を感じさせるものだ。

それだけではない。

大きな藩では藩主の膳の煮物に、ずいきは出ないだろう。しかし、大地の恵みと農民の努力を余すところなくいただいているようで、お佐江はずいきの煮物が好きだった。

「なるほど。料理を作った御料理番が喜びそうだな」

「御台所頭の荒木弥之助は、この頃、他藩の江戸屋敷でも名が知られるほどの腕前になってきたとか。わが藩が誇る宝のひとりですね」

と俊姫が相づちを打っている。

武士たるもの、剣の腕や学問、あるいは代々の家柄などで評価されるこの時代に、料理の腕が立つことを正当に認めて「宝」と呼んでくれる俊姫の心根が、お佐江は好きだった。

重親もそのような俊姫の物の見方をよしとしてくれる。

小藩なりといえども、お佐江は重親を名君たるの器だと思っていた。

そのときである。

廊下から、何やらよいにおいが漂ってくるではないか。

「あ」と、お佐江が思わず声に出した。

「どうしました?」と俊姫が尋ねると、お佐江はさらに鼻をうごめかせる。

「近頃、江戸の町で話題になっている『うなぎの蒲焼き』に似たにおいがします」

お佐江の答えに、重親が顔をしかめた。

「うなぎか……」

お佐江がきょとんとしていると、俊姫が小さく微笑んで、

「ふふふ。殿はにょろにょろと長いいきものが苦手なのですよ。蛇とかミミズとかうなぎとか」

「左様でございましたか」

これもどこか微笑ましい。もっとも、重親本人は「そ、そのようなことはないぞ?」とごまかしている。

「あらあら」

「しかしだな。あのうなぎというやつはどうもいかん。一度、市中を見て回ったときに、川端でうなぎの辻売りを見たが、どうにも……」

「まあ」

「あの長いうなぎを、そのままでは焼けぬから適当な長さにぶつぶつと切って、それを焼き、たまり醬油などをぬって食わせるのだが」

「お召しになったのですか」俊姫が目を丸くする。

「食いたいとも思わぬ。脂が強すぎるのだろうな。二畳ほどの辻売りなのに煙がもうもうとしていたよ」

「それはそれは」と俊姫が、お佐江を見た。「お佐江、『うなぎの蒲焼き』について、殿に説明なさい」

「はい。うなぎを開いて串を打って焼き、みりんと醬油で作ったたれをつけて焼いていきます。上方で考案されたそうですが、江戸ではさらに開いたうなぎを蒸して、余分な脂を落としてから料理しているとか……」

「詳しいな」

と重親が褒めたときだった。廊下から「失礼します」という、落ち着いた若い男の声がした。

襖の向こうには月代も青々と清げな若い武士が礼をしている。重親が楽しげな声をあげた。

「おお、弥之助。今日の料理もとてもうまいぞ」

「はっ……」と返した声が低く、剣の達人のたたずまいだった。「今日は特別にもう一皿」

各人のまえにもう一膳、置かれる。四角い重箱があった。

蒲焼きの香ばしいかおりが漂っている。

「うれしい」と、お佐江が笑顔で小さくつぶやいた。

お佐江と反対に、薄い愛想笑いをしているのは重親である。

「ふむ……」

ひととおり膳を置いた弥之助が、不思議そうに重親を見た。

「どうかなさいましたか」

「ああ。うん。実はな……」と先ほど、お佐江の鼻が捕まえたにおいから始まったやりとりを重親が説明する。

するとと、弥之助がうなずいた。

「なるほど。お佐江どのの食いしん坊ぶりはかねてから耳にしていましたが、ここまでとは――」

お佐江、真っ赤になって小さくなっている。

重親が少し悲しげな表情になって、

「ということは、この中身はやはり、うなぎの蒲焼きとやらか」

しかし、弥之助は言った。

「いいえ」

「違う、とな……？」

「この弥之助、殿の好き嫌いは委細承知」

弥之助の家は代々、御台所頭のお役を頂戴している。藩主・重親が国許から戻った祝いの日に、どうしてあえて重親の嫌いなものを出すだろうか、という意味だろう。

「ふむ。それも道理よな」

安心した重親が重箱を開けた。他の者も同じくする。

もちろん、お佐江も。

なかを見た重親が眉根を寄せた。

「これは、なんという食べ物か？」

弥之助が答えるまえに、お佐江が声を発した。

「うなぎの蒲焼き」

みなの視線が集まり、お佐江はまた赤くなって小さくなる。

「まことか」と重親が、お佐江に首をねじ向けた。

「は、はい。一度、江戸の町で食べたことがあります」

重箱に敷き詰められるように入っていたのは、きつね色に焼けたうなぎの蒲焼きだった。

「食った!?　うなぎを!?」重親が苦い頓服を頰張ったような顔になっている。「おぬし、怖いもの知らずだな」

重親に悪気はないのだろう。俊姫が「そういえば、わたくしも一緒でした」とつけ加えてくれた。

「おまえもいたのか」

「はい。何ぶん、江戸の新しい文物は学んでおきませんと」

「そうか。それにしても……」重親が重箱のなかのうなぎをまえに、腕組みをする。

「うなぎ、ときたか……」

「おいしゅうございましたよ。ただ少し値が張るようになってきたのが難といえば難ですが」と俊姫がけろりとしている。

列席した家臣から、「殿のお嫌いなものをあえて出すのか」と非難の声があがった。けれども、弥之助は背筋を伸ばして正座したまま、静かにしている。

そのなかで、お佐江だけが妙にそわそわしていた。

「あのぉ」

「どうかしましたか」と弥之助。

「うなぎの蒲焼きなら、あたたかいうちに食べないとおいしくなくなってしまいます……」

家臣の叱責が、お佐江に飛んだ。この馬鹿、殿の嫌いなものを出されてそれどころではないのだぞ——。

お佐江が首を引っ込め、俊姫がその家臣に言い返そうとしたときだった。

「熱いうちにお召し上がりください。ただし」と弥之助は、お佐江に暴言を吐いた家臣を冷ややかに見ながら、「それがしはまだ、この料理の説明をしておりませぬ」

「む……」家臣は黙った。

「弥之助。あらためて聞こう。これはなんという料理だ。それこそこれ以上引き延ばしては料理の味が落ちるのだろう？」

「はい。説明は後回し。まずはお召し上がりください。殿のお嫌いなものは使っておりませんので」

重親は苦笑した。

「わかった。信じよう」

と、箸をつける。

ひとくちの大きさに切り、軽くにおいを嗅いで口のなかに入れた。

重親が妙な表情になった。

「いかがでしょうか」

と弥之助が尋ねた。

重親は答えず、もうひとくちそれを食べた。

さらにひとくち。ひとくち――。

「なんだこれは。甘からで香ばしく、とても滋味に富んでいるのに、口のなかでほろほろと消えていく。みなも食え」

と重親が促し、怪訝そうに見守っていた他の者たちが箸を取った。

お佐江は、待ちに待ったとばかりに箸を動かした。

さっきから生唾がわいてしかたがなかったのだ。

神田（かんだ）で食べたうなぎはおいしかった。

殿さまの夕餉に同席でき、そのうえまさか、うなぎまで食べられるとは思っていなかった。お佐江は心のなかで、お釈迦さまに両手を合わせた。

香ばしい醤油とみりんのつけ焼きに箸を入れると、吸い込まれるように身が割けた。

裏の皮を箸で切るのに少し力がいる。うなぎの皮は弾力に富むのだ。

身を持ち上げれば、まだ湯気が立っている。焼き目と切り口の白い身があざやかにわかれていた。

お佐江は息を吹きかけて、ひとくち口に運んだ。

歯を立てるまでもなく、ほろりと口のなかで身が崩れる。つけだれのおいしさが舌に広がった。よい香りが鼻に抜ける。

とろけるような食感、醬油がきいているのにすっと後味はくどくなく消えていくうまみ。上方の最新の調理法にさらに工夫を凝らした江戸のうなぎそのものだった。

お佐江は感嘆した。

「おいしいうなぎの蒲焼きです」

「何？」と重親が狐につままれたような顔になる。隣の俊姫に質問した。「やはり、うなぎなのか」

「はい。このたれの味わいはたしかに……」

しかし、弥之助は重親の嫌いなものは出さないと言っている。

「ふむ……？」

と重親がさらにひとくち食べると、お佐江ももうひとくち食べた。

相変わらず、おいしいうなぎだ。

しいて言えば、うなぎに似すぎている……？

弥之助が重親に呼びかけた。

「お気に召しましたか」

「うまい。しかし、お佐江はうなぎと言い、おぬしは違うと言う。そろそろ種明かしをしてくれぬか」

弥之助が姿勢を正した。

「いまお出ししましたものは、うなぎの蒲焼き——ではなく、もどき料理です」

「もどき料理？」

お佐江は、はっとした。

聞いたことがある。

味も見た目もよく似せて作った料理のことだった。

もどき料理と言ってよいかはわからないが、同じような考えの料理は精進料理にも一部ある。

精進料理は、僧侶が厳しい修行の日々のなか食する料理である。

僧は不殺生戒があるため、いきものを殺してその肉を食することができない。獣も鳥も魚もである。

ゆえに精進料理は米や豆、小麦、それ以外の許された野菜のみにて作られる。

しかし、僧侶のなかには何年何十年かの人生を俗世で生きてきて、その途中で一大決心をして得度し、出家する者もいた。そのような者たちは魚の味も獣の味も知っている。

当然、食べたくなる。

魚が食いたいからと僧から俗人へ退転することはまずないだろうが、欲が募ったままでは修行は上の空になる。

そこで、米、麦、野菜などの限られた食材で、魚や肉の味や食感に近づけた料理が考案された。肉食の欲望を発散させて、修行に集中するためである。

このような「もどき料理」は、大陸から来た隠元禅師がもたらしたとされている。

まさか、このような席に「もどき料理」が出てくるとは……。

「このうなぎもどきは、『せたやき芋』などと呼ばれています」

と、弥之助が説明した。

自然薯をよくすりおろしたものに葛を混ぜ、皮目に見立てた海苔にのせて形を整え、胡麻油で揚げたものに蒲焼きのたれをぬって焼いたものだという。

「これは、芋だったのか」

と重親がもうひとくち食べてみる。

お佐江はうなぎ――せたやき芋の器を目の高さに持ち上げてしげしげとながめたり、鼻を動かしてにおいを嗅いだりしている。

「ふわふわとした食感。神田で食べたうなぎの蒲焼きと同じでした。けれども、そうとわかればたしかに自然薯のようでもあり……」

お佐江が感心して言うと、弥之助は表情ひとつ変えずに、

「そのように作ったので」

無愛想だな、と思った。

けれども、料理の腕はすばらしい。

「このようなもどき料理、いま市中で流行ってきていますね」

と、お佐江が受けると、弥之助はうなずき、重親に向き直った。

「江戸に来て早々、うなぎを食べたと国許へ殿が自慢できましょう」

うなぎの蒲焼きは、上方でも江戸でも徐々に流行りつつある。

重親が「心憎い気遣いだ」と苦笑した。

重親は長いものが苦手。うなぎを出すのは無礼千万。しかし、国許の藩士や民へ江戸の土産話のひとつもと考え、同じく江戸で流行りつつあるもどき料理を弥之助は作ったのだろう。

これで、長いものが苦手の重親がうなぎを食べた、と一度驚かせ、さらにそれはうなぎに似せたもどき料理だったと明かして二度驚かせることができる。

しかも、芋は安い。作り方さえ知っていれば、波前藩に戻っても作れる。

「江戸の流行の味を手軽に楽しめたら、みなも喜ぶだろう。弥之助、相変わらずおぬしの腕前には感服したぞ」

と重親はうなぎの蒲焼きに似たせたやき芋の最後のひとくちを噛みしめる。

「お褒めの言葉、恐悦至極に存じます。されど殿」

「うむ？」

「本物のうなぎの蒲焼きはこれよりもなお美味です」

「ほう」

「江戸屋敷にいらっしゃるあいだに、特上のうなぎの蒲焼きをご用意しましょう」

「これほどうまいとわかっていたら、たしかに食ってみたい気になるな」

「左様でございましょう」

重親が大笑した。

「はっはっは。俊姫だけではなく、うまいうなぎの蒲焼きも待っているとなれば、江戸詰めも少しは張り合いが出るというもの。みな、また一年頼むぞ」

部屋の者たちはみな深々と礼をした。


その日、なんだかんだと酒食が盛り上がり、弥之助は波前藩の江戸上屋敷を出るのが遅くなった。

月は出ていない。

生ぬるい風が時折吹いていた。

手にした提灯が心許なく揺れている。

ひとくちに江戸屋敷と言っても、藩主やその家族が住まう上屋敷から国許からの荷揚げや藩主一家の別邸を兼ねた下屋敷まで、いくつか種類がある。

重親らが食事を取っていたのは言うまでもなく上屋敷である。

参勤交代は徳川将軍の護衛が建前だから、藩主たちの住む上屋敷は江戸城に最も近い場所にある。すべての大名が江戸城周辺に上屋敷を持っているのだから、ひしめき合っていると言ってよい。

しかし、土地は無限ではない。限りがある。

自然、将軍家と近い大名や石高のある大名が広い土地を拝領し、大きな上屋敷を構えていた。

上屋敷には、江戸詰め家臣たちの長屋まであるのが普通だったが、波前藩の場合は藩士たちとその家族が全員住めるほどの広さの長屋を上屋敷と隣接して用意するのが難しかったため、一部の者は少し離れた別の長屋に住んでいた。

弥之助もそのひとりである。

上屋敷の立ち並ぶ一角を抜けると、いっそう夜闇が濃くなった。

そのときである。

横合いの路地裏からふたりの男が出てきた。

道をふさがれて、弥之助は立ち止まった。

「それがしは波前藩二万石御台所頭・荒木弥之助である。藩の長屋に帰るところ。道をあけていただきたい」

男たちは物も言わず、白刃を抜き放つ。

弥之助は戦慄とともに持っていた提灯を投げつけた。


その後のことを、弥之助はよく覚えていない。

自らも刀を振るったことは覚えている。

ひどく頭を打ったことも……。

気づいたときには藩の長屋に転がり込んでいた。

刀は左手に握りしめている。

右腕を斬られたからだった。

第一章　お佐江と弥之助

一

「畜生っ」

荒木弥之助は粥の椀を壁に投げつけた。

布団に座った姿勢から左手で投げたから、思うように力が入らない。

そのせいか、粥がひどくまき散らされた。

物音を聞きつけて父・荒木清兵衛が飛んでくる。

「何があった」

弥之助はそっぽを向いていた。

壁際に転がる椀とまき散らされた粥を見て、清兵衛は弥之助の頬を殴る。

「この大馬鹿者ッ」

殴られた弥之助は少し上体が揺らいだだけだ。

「父上——」

「米は民百姓が八十八の苦労をかけて実った、天の恵みぞ。しかも、わが家は御料理番。米をこのように無駄にしてよい法があるかッ」

弥之助が夜、何者かに襲われて十日がたった。

もうすぐ五月である。

弥之助が襲われた事件はすぐに藩主・酒井重親の耳に入り、弥之助の無事を確認したあとで重親は「なんとしても下手人を捕らえよ」と直々に命じた。

弥之助が重親や俊姫から大切に考えられていたとしても、しょせんは小さな藩の藩士のひとり。探索は江戸町奉行に委ねることになった。

下手人はいまだ捕まらない。

「命に別状がなかったのは日頃の行いと信心のたまものだろう。くれぐれも養生せよ。元気になって、またうまい飯を食べさせてくれ」

との言葉と、脇差し一振りを見舞いとして、重親は弥之助に贈った。

実に稀有なことだった。

稀有なことだが、弥之助にはそれを受け止める余裕がない。

「……わからないのです」

「うむ？」

弥之助は三角巾でつるしている右手を震わせた。

「粥がうまいのはわかります。しかし、その奥にある米の甘みがわからない。かすかにかけた塩の味も、添えられた梅干しの酸味も、いままでより明らかに弱くしか感じられない」

清兵衛はやや言葉につまった。

「それは――まだ治っておらぬからだ」

「右腕はもうほとんどよくなっています。骨も腱も斬られていませんでした。だが、舌の感覚が狂ってしまっている――」

「ひどく頭を打ったせいでそのようになっていると医者も言っていたではないか。もうじきよくなる」

清兵衛はただ落ちた器と粥を拾うばかりだった。


それからさらに日がたち、梅雨になった頃、弥之助の姿を波前藩江戸上屋敷の台所に見出すことができる。

まだ朝早く、他の御料理方たちは出てきていなかった。

右腕の三角巾はない。

まな板には白い大根。

弥之助は包丁を右手に握り、大根を輪切りにしてみた。

久しぶりの手ごたえ。いつもよりかたく感じられた。

切り口から大根の汁気がじわりと出てくる。

適当な厚みでもう一度輪切りにした。

その切り口を、弥之助は静かに見つめる。

曲者に襲われる以前と変わらぬように包丁は使えつつある。

薄く切った大根を、弥之助はむしゃぶりつくように口に入れた。

「……わからない」

大根の歯ごたえはある。味もかすかにわかる。大根の汁がぴりりと舌を刺すのもわかる。

だが、大根の汁のほろ苦さ、その奥にある滋味に富んだ甘みや微妙な香りがわからないのだ。

脂汗がにじみ、身体が震え出した。

もう一度、大根を切ってかじってみた。

だが、同じことだった。
「どうなってしまったのだ」
舌と鼻が自分のものではないようだった。
手当たり次第に、そのあたりにあった材料に挑みかかった。
切り、嗅ぎ、口のなかで嚙みしめては、吐き出す。
「大根はこんな味ではない。菜はこんなにおいではない。魚はこんなにくさかったか」
それらが急に味が変わったとは聞かない。
変わってしまったのは、弥之助自身だった。
息は乱れ、震えが収まらぬ。
畜生っ。
叫んで弥之助は台所を飛び出した。出てきた御料理方の者とぶつかりそうになる。
「御台所頭」と呼び止める声がする。
だが、弥之助はその声から逃げたかったのだ。
弥之助は長屋まで走って戻ると、布団を頭からかぶった。

これは悪い夢だ、と思った。

寝て起きれば、きっと元どおりになっているのだ、と。

しかし、悪夢は去らなかった。


梅雨の音がえんえんと続くように思える。

日々は雨に始まり、雨に終わり、いまが何日なのかも弥之助にはわからなくなっていた。

弥之助は久しぶりに髭を剃り、月代を整えた。

けれども、部屋から出て藩江戸上屋敷の台所に立つ気力は、もうない。

鬱々とした日々を弥之助が送っていても、天地は巡り、草木は伸びていく。

舌と鼻の感覚は戻らない。

普段どおりの生活をするぶんには支障なかった。飯をまずく感じたりはしない。

ただ、以前と同じ味つけや香りがどうしてもわからない。

そのうえ、弥之助を襲ったふたりの手がかりは杳（よう）として摑めなかった。

二十年あまり、包丁を握って御料理番として藩主に仕えてきた。だが、この舌と鼻ではもはや満足のいく料理を出すこともままならない。藩主・酒井重親はもちろん、期待をかけて一生懸命に家伝の包丁を伝授してくれた父・清兵衛にも申し訳が立たぬ。

自分はいったいなんのために生まれてきたのか。

生き恥をさらし続けるのは、武士として耐えがたいことである。

かくなるうえは、腹を切るしかなかった。

だから、見苦しくないように髭も髪も整えたのである。

重親と清兵衛と亡き母への詫び状をしたため、辞世の句を書き留めた。久しぶりに日が射してきた。重く、じめじめとした空気に、せめてもの清冽（せいれつ）な風が吹き込むようだった。

御仏に、不忠と不孝の詫びを申し上げよう。

弥之助が久方ぶりの白い日光にかようなことを思わなければ、このあとの物語は大きく異なっていたに違いない。

弥之助が庭に面した障子を開けたときだった。

あるにおいが突然に彼の鼻に流れ込んだのである。

かすかだが、たしかに覚えのあるにおい——。

「この香りは……」

弥之助は呆然とつぶやいた。

二

お佐江は梅雨に辟易していた。

「こう雨ばかりだと、洗濯ものが乾かないで困ります」

向こうで黄表紙を読んでいた俊姫が苦笑する。

黄表紙とは、草双紙と呼ばれる小説の一種で、黄色い表紙をつけていたことからそう呼ばれるようになった。ある程度の教養がないと楽しめない内容が多かったが、ただ堅いだけではない。当世風の洒落（しゃれ）や滑稽（こっけい）をも取り入れた文芸で、画も描かれていた。

「あらあら。雨は天の恵み。梅雨どきに雨がしっかり降ってくれるからこそ、稲も実るし飲み水にも困らないのですよ、お佐江」

「はい」

田畑を耕す人々の暮らしに、雨がいかに貴重な天の恵みかは知っていた。しかし、お佐江は江戸にあって、藩主正室・俊姫の女中として奉公している。梅雨を嫌っているのではないが、洗濯ものの心配はしてもいいだろう。

雨が降ってやることもないと、ぼんやりと他の女中たちと無駄話をすることもある。

「そういえば、このまえの『なんとか芋』というの、おいしかったわね」

と女中のひとりが言ったので、お佐江が訂正した。

「せたやき芋、でしょ？」

「そうそう。それ。お佐江、料理上手でしょ？　あれ作ってみてよ」

「そんな……。無理ですよ」

お佐江が顔をしかめる。

「いつもおいしいものを食べたら、味やにおいを思い出して、どうにかこうにか似たようなものを作ってくれるじゃない」

「こんな話をしていたら、だんだんお腹がすいてきちゃった」

女中たちがそう騒ぎ出すと、俊姫が黄表紙を置いて、

「お佐江の特技が今日は見られそうですね」

「特技というか……食い意地が張っているだけです」

俊姫が、お佐江を近くに呼んだ。

「お佐江は引き取られてからずっと、食べ物を丁寧に食べていましたね」

「はい」

　実家を焼け出された、年端も行かぬ、身寄りのない自分に与えられる食事。有り難さよりも、申し訳なさが先に立った。火事の恐怖は生々しく心を傷つけていた。「自分はいつ追い出されるかもわからない。食事を与えられなくても文句は言えないのだ」と、小さいながらに思い詰めていたのである。

　もちろん、俊姫らにそのような気持ちはない。

　その俊姫たちの――波前藩の人々のあたたかさを素直に受け止められるようになるには、何年もの歳月が必要だった。

「食べ物を大切に食べていたおかげで、お佐江はその食べ物がどのような味つけをされているか、どのような材料でできているかがわかるようになったのですから、もうそれは立派な特技です。食い意地だなんて、自分を貶めてはいけませんよ」

「畏れ入ります」

　こういうやさしさを受けると、お佐江はいまでも胸が詰まる。

「お佐江。せたやき芋、できるのでしょ？」

「できる……ように思いますが」と、お佐江は申し訳ないという顔になって、「不格好だと思います。あたしは御料理番ではございませんので」

するとと俊姫が笑った。

「ほほほ。わたくしたちがみんなでこっそり食べるのですから、包丁の技を駆使したようなものである必要はありません。多少不格好なくらいがこういうときはおいしいもの」

「いえいえ。滅相もないことでございます」

「わたくしも小腹がすきました。お佐江もそうでしょ？」

すると、お佐江が答えるより先に、お佐江の腹の虫が答えた。

「あ、いや……」

「ふふふ。いまなら台所もあいているでしょうから、使っていらっしゃい」

お佐江は恐縮して平伏し、部屋を出ると台所へ向かった。

おいしく作りたい。お腹もすいた。その気持ちに、お佐江は紅鼠(べにねず)の裾を押さえながらせかせかと廊下を急ぐのだった。


台所では、御料理方の包丁人が何人か、夕食の下準備をしている。

御台所頭・荒木弥之助は何者かに襲われ、以後、自室で傷を治すことに専念している。

そのため、父親で先の御台所頭だった荒木清兵衛が一時的に台所をまとめていた。

その清兵衛もいまは外している。

お佐江は襷を締めて袖をまとめると、くるくると台所を動き回っていくつかの材料をもらった。

そのまま、台所の片隅で何やら手を動かしはじめる。

若くして御台所頭を務めていた弥之助がいないせいか、台所はどこかさみしい。

お佐江は、先日の夜——弥之助が襲われた夜——の、藩主・酒井重親が江戸に来た迎えの席での膳を振り返っていた。

あれは、ほんとうにおいしかった。ふわふわしていて、それでいて香ばしくて。

江戸のいいところの店で食べるよりおいしかったかもしれない。

材料はなんだったのだろう。

舌と記憶に残る味と感触をもとに考える。

たしか自然薯をすったものに葛を混ぜたと聞いた。

細かい配分は知らないが、できると思う。

すり鉢を使い、まとめ、蒸していく。たぶんこんな作り方のはずだ。

決め手はたれだ。思い出せ。あの日のおいしさ。香り。あと、江戸の町で食べた本物のうなぎのたれの味――。

お佐江は醤油とみりんでつけだれを作る。

これも配合は知らない。

ただ、お佐江の頭のなかで醤油の味にみりんの味を加え、煮切らせて何度か味見をする。

一回目、醤油が濃すぎる。二回目、煮切りが甘い。三回目……四回目……。

まとまってきたが、もうひとつ何かがほしい。

お佐江は頭のなかで若干の酒を加えた。

また味が壊れる。配合を変える。失敗する。また配合を見直す……。

何度か頭のなかで醤油とみりんと酒を格闘させて、お佐江はあの日の味をたぐり寄せた。

できる。できる――。

蒸し上がった「それ」に、煮切ったたれをぬり、焼く。

焼いてはぬり、ぬっては焼く。

形はやはり不格好になった。

だが、そのほうが何を作っているかばれなくていいかもしれない……。

台所に香ばしいにおいが立ちはじめた。

「これは、うまそうな——」

と夕食の支度に取りかかるために戻ってきた清兵衛が鼻を動かす。

「あ、清兵衛さま」

と、お佐江が焼き上がった「それ」を皿に置いていた。

「お佐江どのが作ったのか」

「はい」

「もしや、それは……」

と清兵衛が覗き込む。

お佐江は少し気恥ずかしく感じながら、できあがったものを見せた。

「せたやき芋です。見よう見まねで作ってみました」

そこにあったのは醤油とみりんのつけ焼きも香ばしく、きつね色に焼けたせたやき芋だった。

ただ、形は若干うなぎの蒲焼きらしくなく、乱れている。

「おうおう。これは――」

「初めて作ったし、形は失敗してしまいましたけど」

「いやいや。もともと倅の珍妙な料理だ」

「珍妙だなんて。すごくおいしかったです。このところ梅雨でじめじめしているので、元気になろうと俊姫さまたちと食べようと思って」

「あの馬鹿がさっさと台所に戻ってきていれば、お佐江どのの手を煩わせなかったものを」

馬鹿、とは息子・弥之助のことである。

「とんでもないことです。早くよくなってくださいますよう、お祈りしています」

「そうか……」

「弥之助さまの作るおいしい料理を、またみんなで食べたいです」

お佐江が「色気より食い気」の答えを言うと、清兵衛は笑った。

「はっはっは。このわしの料理では、若い女子の舌にはもう合わぬか」

「そ、そういうわけでは……」

お佐江が顔を熱くさせている隙に、清兵衛が端のほうを少しだけつまんだ。

「ほう、これは」と、つぶやいた清兵衛に抗議しようとしたら、お佐江の腹の虫のほうが先に文句を言った。お佐江は耳まで熱くなると、「俊姫さまがお待ちですので」と早口で言った。

「あいや、待たれい」という清兵衛をあとに残し、お佐江は台所から出ていく。清兵衛が呆然とつぶやいた。「いまのせたやき芋、見目はさておき、味は絶品であった。

――弥之助の作ったものよりも」

三

お佐江が香ばしいにおいとともに早足で部屋に戻ってくると、俊姫はころころと笑った。

「ほほほ。どうしたの、お佐江。耳まで真っ赤」

「いろいろありまして」

俊姫のそばには若君である三郎丸が這い回っている。お佐江を見た三郎丸が、うれしそうに笑った。

「ふふ。三郎丸は、お佐江が大好きなのね。それとも、お佐江がおいしいものを持ってきてくれたからかしら」

「お酒が入っていますけど煮切ったので三郎丸さまにも食べられる、と思います」

台所から急いだおかげで、熱々のせたやき芋は息を吹きかけたように、余分な熱が取れていた。まず、お佐江が毒見を兼ねて俊姫の目の前でひとくち食べてみせる。

悪くないと思う。

お佐江が差し出すと、俊姫は興味深げに箸を取った。横合いから三郎丸が手を伸ばそうとするのを、お佐江がなだめている。

ひとくち食べた俊姫が目を丸くした。

「まあ」

「どうですか。自分では結構うまくできたと思っているのですけど」

俊姫は、ゆっくり嚙みしめて味わって、喉を鳴らすようにのみ込む。

「ああ……」と俊姫が感嘆した。「とてもおいしいです」

お佐江がにっこりと笑った。「よかった」

他の女中たちも箸を取る。みな自然に笑みがこぼれていた。

「おいしい」

「あの日のままの味ね」

と女中たちが言い合っている。

そのときだった。

「俊姫さま。ごめんつかまつります」

という声が廊下からした。清兵衛だった。

「はい。どうしましたか」

一礼してにじり寄る清兵衛の表情が、ことのほか険しい。

「畏れながら、俊姫さまにおかれましては、お佐江どのが作った食べ物をいま口になさったかと……」

「ええ。いただきました。それが何か」

清兵衛の皺顔に汗がにじんでいる。

「それは、お佐江どのが自分で作った料理でございますか」

「そうだと聞いていますが」

清兵衛の顔色が青い。お佐江は不安になってきた。

「俊姫さま、お味はいかがでしたか」と清兵衛が額を拭う。

「味？　たいへんおいしゅうございました」

と、俊姫が太鼓判を捺（お）してくれた。

清兵衛がどす黒い顔になってくる。

「倅の……弥之助の作ったものと比べて、いかがでしたでしょうか」

奇妙な問いだった。お佐江と俊姫が思わず顔を見合う。

その言葉の意味を問い返そうと、お佐江が言葉を発そうとしたときである。

ごめん、という声が向こうからして、誰かが走ってきた。

「におい。このにおいは――」という声がする。

「弥之助か」と清兵衛が名を呼んだ。足音が一瞬やみ、こちらへ迫ってくる。

清兵衛の言葉どおり、弥之助だった。

長いこと伏せっていたせいかやや頬はこけているが、それが不思議と潔く見える。

きちんと髷を結い、髭がひとつもないせいもあるかもしれない。

だが、その姿の異様さに一同はぎょっとした。

弥之助は白装束だった。

まるでいまにも切腹をしそうな姿だったのだ。

「そのお姿は」と、お佐江が仰天する。

息を切らせて駆けてきた弥之助が、立ったまま会釈をした。目を血走らせて、部屋を見回している。

「それか」

と、お佐江が作ったせたやき芋の皿を奪い、においを確かめた。

「何をなさるのですか」

お佐江が仰天するのに目もくれず、弥之助は皿についたたれを小指で拭ってなめる。

「む。これは――」

弥之助は矢も盾もたまらずとばかりに、食べかけのせたやき芋をひとつ、つまんで口に入れた。

「それはあたしの食べかけで……」

そんなことにかまうふうもなく、弥之助が厳しい顔でせたやき芋を咀嚼する。

のみこんだ弥之助が、きっとした目つきで、お佐江を凝視した。

「これは、お佐江どのが作ったのか」

「は、はい。申し訳ございません」

皿を置いた弥之助が、お佐江の両肩を押さえた。

「どこで習った？」

「習ってなんていません」お佐江、泣きそうになっている。「先日食べた弥之助さまのお料理の味を思い出して作りました」

「いや、嘘だ」弥之助は断言した。「わたしが作ったせたやき芋には、酒は入れていない」

お佐江はどきりとした。

「そんなことがおわかりになるのですか」

清兵衛も驚き、口を挟む。

「弥之助、戻ったのか」

いったい何がと、お佐江は清兵衛に聞き返そうとしたものの、両肩を弥之助に強く押さえられていて、ままならない。

「そんなことはいまはいいのです。——酒が入っていたのだな？」

「おっしゃるとおり、酒を入れました」

弥之助が、お佐江に迫る。

「なぜだ」

「え？」

「どうして酒を加えたのだ？」

「も、申し訳ございません」と、お佐江が恐縮した。その目に涙がにじむ。

慌てたのは弥之助である。

「待て。脅かしているわけでも、文句を言っているわけでもない」

「え？」

「酒を加えたことで、味が複雑になり、巷のうなぎの蒲焼きにより似てきた」

弥之助がそう言うと、清兵衛もしきりに頷いた。

「左様。せたやき芋としては倅の作ったものでほぼ完成していた。しかし、うなぎの蒲焼きのもどき料理としてのせたやき芋となるなら、お佐江どのが作った料理のほうが上を行く――」

お佐江は目尻に涙を浮かべていたが、その言葉に目を丸くする。

「ま、まことでございますか」

「父の言うとおりだ。わたしの料理は、あれはあれでひとつの形だが、お佐江どののせたやき芋のほうが、よりうなぎの蒲焼きに近い。それは酒を――ごく微妙な量の酒を入れたからだろう」

「以前、俊姫さまと食べに行ったうなぎの蒲焼きが、たぶんこんな感じだったと思って」

と、お佐江がおずおずと説明する。お佐江が引き寄せようとしたつけだれの味は、江戸の町で食べたうなぎの蒲焼きのたれそのものだったのだ。

弥之助がじっと、お佐江を見つめた。

「——そのうなぎ、何度食べたのだ」

「い、一度きりでございます」

弥之助の頬がこわばっている。何か恐ろしいものに出くわしたような顔だった。

部屋のなかは変に静かになった。

まるで剣術の試合のような張り詰めた空気になっている。

と、三郎丸がふいに声を出し、女中たちが詰めていた息をついだ。

「このような料理、他にもできるか」

「このような料理……？」

弥之助の問いの意を解したのか、俊姫が代わりに答えた。

「お佐江は料理が上手ですよ。これまでも、外で食べてきたものを『こんなおいしいものがありました』と作ってみせてくれましたから」

これには弥之助と清兵衛が顔を見合わせるばかりだった。

「父上、知っていましたか」

「いや。まったく……」

弥之助が、お佐江の肩から手を離す。

お佐江が不安そうにしていると、俊姫が「大丈夫ですよ」と微笑みかけてくれた。

三郎丸も笑顔で、お佐江の膝元に這ってくる。

「俊姫さま……」と、お佐江が小さくなっていた。

すると俊姫が弥之助たちにつけ加える。

「ただし、お佐江にできるのは味だけ。御料理番の方々のような包丁さばきができるわけではありません」

弥之助はうなずいた。

「それは仕方ありません。われらのように特別な修行をしてきたわけではないのですから。けれども、御料理番に大事なことは、包丁さばきよりも味です」

弥之助が、お佐江にまたしても食いかからんばかりに近寄る。

「お佐江どの」

「はいっ」

弥之助は睨むようにして尋ねた。

「わたしがこれまでに作った料理を、お佐江どのは同じように料理できるのか？」

「食べたことのあるお料理なら、なんとなく真似をすることはできると思います。

でも、弥之助さまのお料理のほうがはるかにおいしいです。今回のせたやき芋は、みんな初めて食べたものだったから、あたしが作った味でもそれっぽく思っただけだと――」

お佐江が早口でくどくどと言い訳をしていると、弥之助が首を横に振った。

「『学ぶ』は『まねぶ』――真似るが学びの初歩と言われるが、お佐江どののこれは……」

またしても顔をしかめた弥之助が、白袴を強く握りしめている。

「あのぉ」と、お佐江がいまさらながらに尋ねた。「弥之助さま、どうしてそのようなお姿で」

「ああ。腹を切ろうと思っていたところだった」

「えっ⁉」

これにはさすがに俊姫以下、全員が顔色を改めた。

「どうしてそのような」

「早まってはなりません」

みなが口々に弥之助に呼びかける。

「………」

お佐江はいったい何が起こったのか、ただはらはらしているばかりだった。

周りの者たちの気遣いの声をすべて無視して、弥之助が大声を出した。

「お佐江どのっ」

「はいっ」

弥之助が両手をつき、深く頭を下げた。

「それがしと夫婦（めおと）になってくださらぬか」

大声でとんでもないことを弥之助が言い放つ。

「え？　えええええ!?」

お佐江はお佐江で、仰天し、狼狽えて、素っ頓狂な声をあげた。

「それがしにできることはなんでもする。結納として、差し出せる物ならなんでも差し出そう。だからどうか、それがしと」

「――っ!?」

お佐江、さんざんに火にあてた鉄瓶のように頭から湯気を噴き出さんばかりである。

とうとう俊姫が声をかけた。

「弥之助」

「は」

「落ち着きなさい。水でも茶でも飲んで、まずひと息つくのです」

女中がすっかりぬるくなった茶を出すと、弥之助はあおるように飲み干す。

弥之助が再び何かを言おうと思案を巡らせたときだった。

「ずいぶん騒々しいが、何かあったか」

と藩主・酒井重親その人が顔を覗かせたではないか。

弥之助・清兵衛親子が平伏する横で、俊姫が楚々と出迎えた。

「お騒がせしました。いまちょうど、〝髭黒大将〟がわが藩の〝玉鬘〟を奪おうとしていたところです」

「なんだと？」

髭黒大将も玉鬘も、平安時代に書かれた『源氏物語』の登場人物である。

髭黒大将は右大臣を父に持ち、朱雀帝の女御を妹に持つ人物だったが色黒で髭も濃かったために、そのように通称されている。

その髭黒大将がすでに正室と子を持っているにもかかわらず懸想した相手が、美しく可憐な玉鬘だった。

玉鬘は主人公・光源氏が若き日に失った夕顔という恋人の娘であり、自分の娘だという触れ込みで引き取り、どこへ嫁がそうかと考えていたところ、髭黒大将に奪われてしまったのである。

俊姫はいまの状況を『源氏物語』にたとえてみせたのだが、もちろん弥之助に妻子がいるわけでもないし、〝髭黒〟でもない。

しかし、髭黒大将が玉鬘を奪うほどに驚くような事態だというのは重親に伝わったようだった。

このあいだに、お佐江は俊姫の陰に逃げている。耳どころかうなじまで熱い。

「殿の驚きはまことにもって無理もないことと存じますが、まずはこちらをひとくち召し上がってください」

清兵衛は重親に、お佐江のせたやき芋を差し出した。

重親は腰を下ろすと、箸でひとくち、お佐江のせたやき芋を食べた。

「これは」と重親の動きが止まる。何かを確かめるように、もうひとくち食べ、じっくり味わった。「お佐江が作ったのか」

「はい」と清兵衛が重々しくうなずき、「ぜひとも当家の嫁にくださりたく候（そうろう）」と両手をついた。

弥之助も同じ姿勢を取っている。

しばしのあいだ、三郎丸の楽しげな声だけが響いた。

重親が低い声で尋ねた。

「それで、よいのか」

「倅もいい年です。いままで独り身だったのがおかしいくらいです」

重親が弥之助を凝視する。

「ふむ……」

弥之助は平伏したままである。

「…………」弥之助は何も言わない。

「腹を切るつもりだったか」

と聞かれて、「はっ」と短く答えただけである。

重親は他の女中たちに席を外させた。三郎丸もつれていってもらう。

部屋が静かになると、お佐江に重親が呼びかけた。

「お佐江よ」

「はい」

お佐江は俊姫の陰で泣きそうになっている。

「こんなところでこんなふうに話すのはおかしなことだと重々承知している。そのうえであえておぬしに聞こう。どうだ。弥之助と夫婦にならぬか」

「え……」

お佐江がどのように答えたらよいか思案に暮れていると、重親はすこしさみしげな笑みを見せた。

「いまから内緒の話をする」

「内緒、でございますか」

お佐江の声が震えている。

「そうだ。おぬしがどうしても弥之助と夫婦になるのが嫌だというのなら、聞かぬほうがよい。けれども、迷っているなら、聞いてほしい」

「………」

お佐江は答える代わりに部屋から出ないでうつむいたまま、小さくうなずいた。

重親が続ける。

「これは弥之助と清兵衛とわたししか知らない内緒の話だ。実はな、弥之助は以前のような繊細な舌と鼻の感覚を失ってしまったのだ」

お佐江は驚いて顔をあげた。

「え？」

「先日の夜、弥之助が何者かに襲われたのは知っているな?」

「はい。襲った男たちはまだ捕まっていないとか……」

「そうだ。そのときに弥之助は御料理番にとって命にも等しい右腕を斬られた。さいわい、そちらは完治したのだが、その際にひどく頭を打ってな。以来、舌と鼻に問題が残ってしまった……」

お佐江は絶句した。

普段の生活には支障はないのだという。

食事の味がわからないわけでも、花の香りがわからないわけでもない。ただそれは「ふつうの武士として」である。御料理番として繊細微妙な加減を見切る力が、弥之助の舌と鼻から失われてしまっているのだった。

「いまでは、父が作った料理であっても、あまり味がよくわからない」

と弥之助が悲痛な面持ちになっている。

「そんな……」

「ところが、おぬしだ」と弥之助が、お佐江を見据えた。

「あたし、ですか」

「どういうわけか、おぬしが作ったせたやき芋のにおいと味がわかったのだ」

「では、治ったのですか」

弥之助が黙った。

清兵衛が席を外した。程なくして、小さな握り飯を持ってくる。

「残っていた飯で、わしが作った。塩もたっぷり使っている。試してみよ」

弥之助がおずおずと握り飯を手に取る。これとわかるように梅干しが見えるように作られていた。

ひとくち。

梅干しごと口にした弥之助が握り飯を噛みしめ、のみ込む。

「どうじゃ」

「……薄いだしのように、味気なくしか……」

誰ともなく、ため息が漏れる。

「治っていないようだな」

と清兵衛が肩を落とした。

「だが、お佐江どのの作る料理は、長屋にいてもにおいがわかり、味もわかった。いまも味がわかる」

そう言って弥之助は、お佐江のせたやき芋を食べる。

その様子を見ながら、重親が続けた。

「お佐江は、一度食べたきりのせたやき芋を見事に再現してみせた」

「それはたまたま……」

「たまたまで、あの味は出せぬ」

と弥之助が逃がしてくれなかった。

「………」

「お佐江は江戸の生まれで江戸の味にも詳しいだろう。江戸屋敷では客人をもてなすこともある。そのときにはうまいだけではだめで、江戸の流行りを押さえておかねばならぬ。弥之助の味の感覚の代わりに、お佐江が味を定めてはどうだろうか」

との重親の言葉は、江戸屋敷での諸藩との付き合い全般に言えることでもあった。

お佐江が江戸出身というのは、波前藩江戸屋敷の女中のなかで確実に強みだ。

「でも、あたし、そんなに料理を知りません」

「これから教える」

「包丁だって」

「それはわたしがやる。お佐江どのには、味や香りのところを担っていただきたい」

弥之助以上に必死だったのが清兵衛だった。

「なんとか、倅を支えてやってくれまいか。もしこやつがおぬしに無礼な真似を働くようなら、殴り飛ばしてでもおぬしを大切にするように言って聞かせるから」

などと言って、お佐江は逆に震え上がる思いだった。

「そ、そのようなことはなさらないでください」

夫婦になるにあたって女側の意見が顧みられないことも多いこの時代、これほど心を砕いて説明してくれるのは藩主である重親の人柄ゆえだろう。お佐江はそれだけでももったいないと思っていた。

だが、お佐江としては、小腹がすいたのでちょっとした料理を作ってみただけにすぎない。それがまさか、一生の大事を決めることにつながろうとは。

とどのつまり、お佐江はこの縁談を受け入れるしかないのだが……。

お佐江はちらりと俊姫を見た。

お佐江は波前藩の女中ではあるが、より正確に言えば俊姫付きの女中のひとりである。ゆえに、ほんとうの主人は俊姫だという気持ちがあった。

「──お佐江」

と俊姫が彼女の眼差しに答える。

「俊姫さま。あたし……」

「かわいそうに。急な話でびっくりしてしまったのね」

「はい……」

そのとおりなのだが、武家に仕える身としては、どこか情けない気持ちすらあった。

俊姫は、お佐江の手を取って、そっとなでた。

「お佐江。あなたは弥之助の料理が好き？」

突然の問い。

「えっ」

と、お佐江は胸を押さえた。

「どうなの？」と俊姫がたたみかけた。

お佐江はちらりと弥之助を見た。

「………」

お佐江が小声で何かを言う。

「うむ？　聞き取れなかったのだが。もう少し大きな声で頼む」

お佐江は茹だったように熱い顔になって、

「弥之助さまの作るお料理は、とても好きです」

俊姫が苦笑した。

「お佐江はそもそもこの縁談が嫌だなんて一言も言っていません」

三羽の雀が鳴いて、どこかへ飛んでいく。

「あ、え……ということは――」

「………っ」

お佐江は頰を押さえてただただうつむいた。

遠くで、三郎丸がはしゃぎ、女中たちが楽しげにしている声が聞こえる。

ややあって、重親が言った。

「波前の大根の漬物は、よいものよな」

「はい」と、お佐江が笑顔になる。

「波前藩の民が波前藩の土で作ってくれた大根の漬物には、われらが決して忘れてはならないものが詰まっている」

「はい」

「武士は贅沢するために生きているのではない。領民のために死ねる人間でなければいけない。わたしはそう自分を戒め、家臣にも伝えてきた。弥之助もそういう波前の男だ。そんな男に嫁ぐのだ。江戸に生まれた、あるいは江戸にいるからといって、決して華美に走らず、波前の大根の漬物のように大地に根ざして人々のために生きてくれよ」

「お言葉、たしかに承りました」

「弥之助もよいな」

「かしこまりました」

重親が満足げにうなずいた。

「夫婦というものも、そのようなものよ。華美なだけではいけない。大地にしっかりと生きて雨風にともに耐えるから、花は美しく、実はみずみずしくなるのだ。よい夫婦になれよ」

こうして、お佐江の嫁入りが決まった。

せたやき芋がひとつだけ残っている。すっかり冷たくなっているが、できたばかりのような色つやをしていた。

第二章　祝言の味噌汁

一

武家の結婚は、上役などの主筋か親が相手を決めるのがほとんどである。主筋や親が相手を決めてしまうため、肝心の婿と嫁が互いの顔を知る機会も制限される。逢い引きなどおおっぴらにできない時代、祝言の席で初めて互いの顔を知ることは珍しくなかった。

それどころか、祝言の席では緊張して顔が見られずにそのまま初夜を過ごし、翌朝になって顔を初めて見ることもあった。

「そんなのと比べたら、お佐江の場合は変わっているね」

とは、お琴（こと）という仲のよい女中仲間の言葉である。

「ええ……」

お佐江の答える声が小さい。人の口に戸は立てられぬの言葉どおり、荒木弥之助との縁談はいつのまにか波前藩の江戸上屋敷内に広まっていた。小さな屋敷である。みな珍しい話、楽しい話に飢えていたから、あっというまに広がった。

お佐江、気恥ずかしくて仕方がない。

祝言の準備は、弥之助の家と姉がわりの俊姫とのあいだで着々と進んでいる。

あと三日で祝言。

ほんとうなら忙しくも心浮き立つ日々にあって、お佐江はどういうわけか気が沈んでいくのを感じていた。


やや大股に廊下を歩いてくる音がする。

障子の向こうでぴたりと止まると、予期した呼吸で声がかけられた。

「お佐江どのは――？」

弥之助だ。「ここにいますか」を省略している。

「はい」

と答えると、ごめん、という声とともに障子が開く。

「お佐江どの。そちらの仕事は終わったか」

縁談が成立してからというもの、弥之助は毎日これだった。

お佐江がどのような料理をどれほど作れるか、台所で「検分」しているのである。

「あのぉ。あたし、それほど作れる料理が多いわけではないのですが」

「いや。おぬしならできる」

なんだかんだ言って、お佐江は台所へ連れていかれてしまう。

お琴たち、他の女中が「やれやれ」という顔で見送っていた。

台所に着くと、弥之助は慇懃に頭を下げて、お佐江に「ご教授願います」と挨拶している。

「あのぉ。先ほども申しましたように――というかこのところ毎日のように申し上げていますように、あたしはただの娘です。生まれで言えば武家ですらありません。知っている料理なんてたかが知れていますし、できるようになることだって限られています」

と、お佐江はまくし立てた。立て板に水とばかりにいくらでも言葉が出てくる。

一方の弥之助は、北国の波前藩の風雪に耐え抜いてきたような険しげな顔と低い声で、必要なことしか話さない。

「おぬしの料理の腕には光るものがある。その舌は天性のもの」

「光ってても光らなくても、どちらでも結構です」

「包丁ならわたしが教える。味を教えてくれ」

「はあ……」

「おぬしの舌が小藩である波前藩を他藩の嘲笑から守り、殿や俊姫さまの笑顔になる」

どこをどうつなげれば、お佐江の舌が藩を守れるのかよくわからないが、重親や俊姫を出されては無視するわけにもいかなかった。

最初のうちは、お佐江がふとしたときに女中仲間で作っていた珍しげな料理を作ってみせていたが、それが尽きると日々の膳に並ぶものを料理するようになった。

お佐江としてはわけもわからず作らされているというのがほんとうのところだった。

作るたびに弥之助が目を見張り、ときには清兵衛まで驚いている。

ただ、見た目はよくない。

弥之助は、お佐江の指示を仰ぎながら材料を切り、味つけをし、ひとつひとつ料理を学んでいった。

大袈裟な、と思ったのだが、弥之助は毎日毎日料理の話ばかりしげしげとしに来る。

あるとき、弥之助がひどく塩からい味噌汁を作った。

お佐江は何かの冗談かと思ったのだが、弥之助はそんなことをする男ではない。

「あのぉ。この味噌汁、とてもしょっぱいのですけど」

その途端、弥之助の眉間に深いしわが浮かんだ。

「そうか」と弥之助は短く答えて、味噌汁をひとくちのむ。弥之助は静かに告げた。

「材料はもう一度わたしが切る。無駄にしてしまって申し訳ないが、これは捨てる。次の味噌汁は、おぬしが作ってくれ」

弥之助が繊細な味の感覚を失ったというのはほんとうのようだった。

だが、これほどとは——。

鍋の味噌汁を捨て、黙々と洗っている弥之助の背中に、お佐江は胸が痛んだ。

二

祝言の日がやってきた。

弥之助は父の清兵衛とふたり暮らしだったが、お佐江がそこへ引っ越すことになる。

花嫁道具はすでに運ばれていた。

お佐江が俊姫に手を引かれながら、角隠しをかぶった白無垢（しろむく）姿で座敷に現れる。

俊姫が、お佐江の胸元に筥迫（はこせこ）を入れた。

筥迫は、白粉や懐紙、紅などの化粧道具が入った小物入れで、母親から嫁ぐ娘に贈る最後の嫁入り道具である。

三三九度が交わされた。

これで、お佐江は弥之助と夫婦になったのである。

祝言のあとは祝いの席が設けられた。

藩主・酒井重親以下、藩の主立った者たち、また女中仲間も何人か呼ばれている。

ときどき開かれる夕べの膳と同じく、女中たちを呼んだのは、重親の計らいである。

宴の膳には、清兵衛が先代の御台所頭としての腕をふるった。

とはいえ、お佐江は緊張していて箸をつけられたものではない。

新郎には次から次へと男どもが酒をのませている。

お佐江はただただうつむいて座っていた。足はとうに痺れているのだが、楽にしたくてもこれっぽっちも動けない。祝言がうれしくないわけではないのだが、それ以上に晴れがましい席が恥ずかしかった。

お佐江、三三九度以外は何も覚えていない。

あっけないといえば、あっけなかった。


気づけば宴が終わり、藩主・酒井重親以下、来賓がぞろぞろと帰ろうとしていた。

「あ……」

と初めて、お佐江は顔をあげた。

立派な裃（かみしも）姿の弥之助が横合いから顔を出す。

「終わったな」

「はい……」

何がなんだかわからぬうちに終わってしまった……。

弥之助がじっとこちらを見つめていた。

気が張り詰めて疲れたでしょう、といったやさしい言葉を期待したのだが、違った。

「膳にあった田楽の作り方、わかったか？」

「え？」

「椀のだしは、お佐江どののだしの取り方を真似た。まあ、今日は自分の祝言だから、味の締めは父に任せたが」

「…………」

緊張と恥ずかしさで箸をつけるどころか少しも動けなかったのを、この人は見ていなかったのだろうか。

「それと——」と弥之助は本日の膳について訥々と語りながら、お佐江の意見を次々に求めてきた。

作れるか。工夫すべきところはあったか。他藩へのもてなしに使えそうか……。

お佐江の頰が震えた。

「弥之助さまッ」これまで鬱屈していた思いが足の痺れとともにふき上げる。「あなたさまは、あたしと祝言を挙げたのですか。それともあたしの舌と祝言を挙げたのですか」

お佐江は商家の生まれとはいえ、武家の女中である。弥之助が御料理番として重責にあるのは承知していた。男がいざ外へ出るときには、七人の敵が待ち構えているというのも知っている。いまも昔も、男は戦場で戦っているのだと教えられてきた時代だった。その戦で心おきなく働いてもらうのが女の役目だと教えられてきた。

そのように知っているからこそ、お佐江はついに気持ちがあふれたのだ。

お佐江の言葉に、弥之助が固まる。弥之助だけではない。帰る支度をしていた俊姫たちにも聞かれてしまった。

いつもなら「申し訳ございませんでした」と前言を撤回するところだが、お佐江は一歩も引かない表情になっていた。夫婦になるのは女にとっても一大事。それをあれこれと料理のことばかり気にされたのでは、自分がどのように思われているかと不安になったのである。

そのときである。

お佐江の腹がひどく大きな音を出した。

あ、という顔のまま、お佐江も弥之助も動けなくなる。

言いすぎた、と思った。

祝言も夫婦の門出も、台無しにしてしまったのだ。

自分のわがままと自分の腹の虫がぶち壊してしまったと、お佐江は思った。

「あらあら」と、腰を浮かせていた俊姫が、お佐江の隣にするするとやってくる。

「俊姫さま……」

俊姫が、お佐江の背中をさすった。お佐江の目も声も震えている。大変な失言をしてしまったと思う。

けれども、不思議と後悔の気持ちはなかった。

それだけ、お佐江はすでに鬱屈し、これからの夫婦としての日々に不安を抱えていたのである。

「おみおつけ」

急に俊姫がそう口にした。

「はい？」と弥之助。

「おみおつけを、お腹をすかせた花嫁のために作ってあげなさい」

「しかし、わたしは」

「わたくしの命は聞けぬと申すか」

「はい……」

俊姫に言われては弥之助も無視はできない。羽織を脱ぎ、袖を白襷で押さえると、台所へ入った。

鍋を火にかけ、だしを取る。

昔の弥之助なら造作もないことである。

ところが、いまは違っていた。

ただでさえ険しげな顔に険を作りながら、鰹節を削る。

眉間にしわを寄せて味噌汁の具となるねぎを切った。

仇敵に会ったような表情で味噌を取る。

弥之助の悪戦苦闘ぶりを、追ってきた俊姫が見つめている。

隣で、お佐江は角隠し姿のままで弥之助の様子を一緒に見ていた。

俊姫に向けて、味見をした弥之助が言った。

「微妙な加減をなそうにも、わからないのです」

俊姫は答えない。険しい表情で弥之助を凝視していた。お佐江が弥之助と俊姫の顔を見比べておろおろしている。

弥之助が料理に戻った。額に脂汗がにじんでいる。

ねぎと油揚げの味噌汁ができた。

重親を江戸上屋敷に迎えた夜の膳と同じである。

弥之助はその味噌汁を椀に入れると、お佐江に出す。

「わたくしにも」と俊姫が言った。

弥之助が躊躇する。

「俊姫さまにも……？」

「ええ。それともわたくしに出しては何か問題があるのですか？」

「……いいえ」

弥之助は俊姫にも味噌汁を出した。

いただきます、と言って、お佐江が汁をすする。

「これは……」

だしに深みがない。そのため、妙に水っぽく感じてしまう。

先日、塩からい味噌汁を作ってしまった反省で、それぞれの味を控えてしまったせいだと、お佐江は思う。

俊姫は無言で食べるのをやめた。

弥之助が襷をしたまま肩を落とす。

「これまで料理一筋だった。それがこのざまだ」

「そんなこと。おいしいおみおつけでした」

と、お佐江が気遣って駆け寄ろうとするのを、俊姫が止めた。

「弥之助。あなたは先ほど、わたくしにおみおつけを出すのをためらいましたね」

「……っ」

俊姫が目をつり上げた。

「わたくしに出せぬようなものを花嫁に出して、茶を濁そうとしたのか」

「いえっ、そのようなことは決して――」

弥之助がへどもどする。俊姫は、お佐江にぴしりと命じた。

「腹蔵なく、このおみおつけの感想を言っておやりなさい」

「俊姫さま」

「夫婦とはそうしたもの。嘘やごまかしがあっては何十年も寄り添えません」

「……」

「山内一豊(やまうちかずとよ)さまの妻である見性院(けんしょういん)さまをご覧なさい。真に夫を立身させるのは、妻の器量ですよ」

山内一豊はいまを去ること一五〇年ほど昔の武将である。織田信長(おだのぶなが)に仕える目立たない武士で、馬市ですばらしい馬を見つけても買えぬほどだった。すると、帰宅しても悔しがっている一豊に、妻が「これでその馬をお買いください」と、金を差し出したのである。その金は嫁入りのときに妻の父が持たせた金で、夫にとってこぞというときまでは使ってはならないと言われていたのだという。その金でほしかった馬を手に入れた一豊は、信長の馬揃えで目に留まり、出世の糸口を摑んだと言われている。

山内一豊は関ケ原の合戦でも徳川側の東軍で活躍し、土佐二十万二千六百石余を与えられた。

ただの名もない武士から彼を飛翔させたのは、妻の力だった。

俊姫はそのように振る舞ってみせよと、お佐江に言っているのだ。

お佐江は悩んだ。

だが、疲れてもいた。

祝言という一生に一度の日に、重い衣裳に耐えながら何も食べないでここまで来たのだ。

妻になったばかりの花嫁に、山内一豊の妻のような何がいったいできるのか。

お佐江は悩んで悩んで――結局、悩むのを捨てた。

もともと難しいことはわからないのだ。

ただ、味ならわかる。

お佐江は背筋を伸ばして言った。

「まずい味噌汁です」

真正面からぶつかってやる。

これでは「彼ら」が――味噌や鰹節や長ねぎ、水や火に到るまでが――かわいそうだ。

弥之助に、怒りの表情が湧き上がって、すぐに霧のように散った。

「そうか」

お佐江は続けた。

包丁さばきはすばらしい。

だが、それだけだった。

まず、だしが出ていない。

ねぎは火が通りすぎて、香りが飛んでいる。

味噌は足りず、そのせいでただでさえ少ない香りがやはり損なわれていた。

油揚げも茹でられすぎて油が味噌汁に戻っている。

自分のために作る味噌汁ならよいが、これまで食べてきた弥之助の味噌汁ではない。はっきり言ってしまえば、この味噌汁では藩の御料理番としては厳しいし、ただの料理人としても江戸市中で金を取れる代物ではない……。

「あたしは波前藩の食べ物が好きです。でもそれは、昔からのことではありませんでした。江戸生まれですから、やっぱり江戸の味のほうがなじむ気持ちのほうが強かった」

夫だから、花嫁だから、などという言葉はどこかへ行ってしまっている。

お佐江は「彼ら」のために怒っていた。

「…………」

「その気持ちを変えてくれたのは他ならぬ弥之助さまのお料理でした。細やかな包丁さばき。丁寧な下ごしらえ。繊細な味つけ。それらが厳しい北陸のわが藩で取れた作物を、公方さま（徳川将軍）でも食べられないほどのご馳走に仕上げてくれたのだと思っていました」

「……そうか」

お佐江は大きく息を吸って、お腹から声を出した。

「けれども――いまの弥之助さまのお料理はおいしくありません」

弥之助がごくわずかなあいだだけ苦しげな表情を見せた。

「風味豊かな香りを生かした繊細な味つけ。それらをわたしは失ってしまったから」

「そうではないのですっ」と、お佐江がぴしゃりと申し渡した。「舌の細やかさが失われた？　鼻が十分にきかない？　別によいではありませんか。料理の要はそこではないと思うのです」

「お佐江どの……」

「あたしがこの味噌汁をまずいと言ったのは、ここには作物や味噌への敬意が、たとえ百万石の大藩が贅をこらしても何するものぞという気迫がないからです」

お佐江にとっては「彼ら」――作物や味噌や、食べ物たちへの敬意を持たない相手に、夫も武家も何もなかった。

「…………」

ついには、お佐江は目に涙をためて言い放った。

「いまのわが藩の食べ物を、弥之助さまのお料理を誰よりも馬鹿にしているのは、弥之助さまご自身です」

弥之助が蒼白な表情で唇をわななかす。

お佐江は角隠しを取り、打ち掛けをその場に脱ぎ捨てると、襷を締めて台所へ飛び込んだ。

呆然と立ちすくむ弥之助を尻目に、別の鍋に水を入れて火にかける。

鰹節を削り、だしを取った。

ねぎと油揚げを準備する。味噌を取って、加えた。

あっという間に味噌汁ができあがる。

「これは――」

と思わず俊姫が感嘆の声を漏らすほどの手際のよさだった。

ねぎや油揚げの切り方は、弥之助に見劣る。

しかし、香りがすでに違っていた。

お佐江は、自らの味噌汁を俊姫と弥之助のふたり分、盛り付ける。

さっそく口をつけた俊姫は、いつものやわらかな笑みを浮かべた。

「おいしい」と感想を一言だけ告げる。

箸を取ろうとしない弥之助に、お佐江が迫った。

「弥之助さまも食べてください」

「——俊姫さまがご感想をくださった。それでいいではないか。わたしには細かな味がわからないのだから」

「お願いします」

お佐江は半ば強引に弥之助の手に箸を握らせた。怖い顔で睨む。しばらくして弥之助が渋々と椀に箸をつけた。

「……うまい」

「それだけですか」

弥之助の身体が震えている。

「舌や鼻が元に戻ったわけではないのに、どういうわけか、おぬしの味噌汁は『うまい』と深く感じられた――」

お佐江は怖い顔のまま言った。

「あらゆる食べ物は天からの恵み、大勢の人の血と汗と涙の結晶です。その食べ物をどこも余さずおいしくいただくのが、せめてあたしたちにできる最大の感謝ではありませんか。あたしにできることは、ただ感謝の一念で水に、鰹節に、ねぎに、油揚げに、味噌に、その本懐を遂げていただくことだけ。それが結局は弥之助さまの味になるのだと、あたしは気づいた」

人間はひとりで生きているのではない。多くの食べ物の命をいただいて生かされているのだ。だからこそ、頭を悩ませて工夫して最高においしいものを作り出す使命が人間にはあるのだ。

「あ……」

「いまの弥之助さまにはそれがないから、おいしくないのです」

お佐江の両目から、堪えに堪えていた涙が流れ落ちた。

弥之助が何か言おうとするまえに、お佐江はお辞儀だけして涙をふきながら台所から去っていく。

その日、お佐江と弥之助は背中を向け合ったままだった。

互いに言葉も交わさず、指の一本も触れずじまいである。

三

翌朝、お佐江は日の出まえに起床すると、身なりを整えて弥之助の目覚めを待った。

明るい陽射しと雀の鳴き声に弥之助がやっとのことで目を覚ます。

お佐江がその枕元に正座していた。

夜着ではなく、いつもの女中奉公の姿である。

弥之助は飛び起き、髷と衿が見苦しくないか慌てた。その姿をまえに、お佐江は三つ指をつき大きな声で、

「昨日は出すぎた真似をしました。山内一豊さまの御内助どころか、これではとても武家の妻としては務まりませぬ。どうぞこの場で離縁なさってください」

と言うだけ言うと、お佐江は深く頭を下げてうずくまる。

「お佐江、どの……？」

「…………」

弥之助が呼びかけてきたが、お佐江は一言も発さない。

あぐらをかいた弥之助が、お佐江に尋ねた。

「いま、なんと申されたか」

「夫たる弥之助さまに言いすぎました。おとなしく離縁します」

お佐江が頭を下げて微動だにせず、再び言い立てる。

弥之助が大きく息を吐いた。

われ知らず、お佐江の肩が震える。

雀がどこかへ飛んでいった。

「お佐江どの」

「はい」

お佐江がびくりとし、ますます小さくなる。

「昨日のこと、過ちであったと悔いるのか」

「……はい」

「それならば」と、弥之助が立ち上がった。その気配に、お佐江は思わず顔をあげる。「少し付き合ってくれ」

「え？」

お佐江が首を傾げる暇もなく、寝乱れた衿を直しながら弥之助は部屋を出ていく。

慌ててついていけば、弥之助は台所に入っていくではないか。

お佐江が怪訝な顔で弥之助を見つめていると、彼は振り返ってこう言った。

「もう一度、味噌汁を作ってくれ。ねぎはある。油揚げはないから、代わりに大根を銀杏(いちょう)に薄く切って」

「味噌汁を作るのですか」

何かの嫌がらせだろうかと、お佐江は思った。昨日、お佐江が味噌汁の味で弥之助以上のものを作ってしまったので、意趣返しで酷評しようとでも言うのだろうか……。

お佐江はどうしたものかと考えてしまったが、弥之助が「さあ、早く」と急かす。

「そ、それでは」

お佐江は襷を締めた。

鰹節を削りはじめると、弥之助が止めた。

「いま自分が削ったものを見てみなさい」

「はい……」

削り節ができている。あるものは小さく、あるものは大きい。それらを弥之助は自らの手のひらにのせた。

「ごらんなさい。大きさがこんなにも違う。さらに厚みに若干の違いが出ている」

「あ」

「薄すぎれば、だしはあまり出ないし、えぐみが出る。厚すぎれば、だしが出にくい。ばらばらの大きさでは時間もかかる。昨日のお佐江は鰹節をずいぶん削っていたが、正しく削ればその必要はない。――それが鰹節への『敬意』かな」

「…………」

お佐江の頭に血が上る。

「もうひとつ、削り節の広さ」

「広さ……？」

「鰯（いわし）のうろこのような小さな削り節ではなく、鯛（たい）のうろこのような大きい削り節がいい」

いちいち耳に痛い。

「鯛のうろこのような厚さ、広さに削るのですね」

「そうだ」

耳に痛いが――ためになる。

「あたし、そこまで考えていませんでした」

弥之助はかすかにうなずくと、今度は大根を準備させた。

お佐江が包丁を構えると、弥之助が質問する。

「大根はどこを使う？」

「味噌汁に、ということですよね」お佐江は少し考えて、答えた。「ほんとうは下のほうが味噌汁にはいいのだと思いますが……」

弥之助が無表情にうなずいた。

「そうだ。大根の下のほう、より深く土に埋まっていたところのほうが、みっちりしていてからみも強く、筋も強い。味噌の塩からさに負けない」

弥之助の答えはもっともだったが、お佐江は小さく手をあげた。

「そうだとは思うのですが」

「なんだ」

はい、とことわってから、お佐江が続けた。

「今日作るとしたら、義父上（ちち）もお召し上がりになりますよね」

義父とは清兵衛のことである。

「だとしたら?」

「普段よりも少し上の部分を使います。お年を召されて、やわらかなみずみずしい大根のうまみを好まれるのではないかと」

「やってみろ」

お佐江が包丁を持った。弥之助がじっと見ている。昨日とはまた違った意味で緊張した。

「ほんとうなら大根の皮は薄くむいて、うまみのあるところを残すのですが」

お佐江がそのように説明すると、

「父のためにやわらかく仕上げようとして、少し厚めに皮をむくのか」

と弥之助がその心を解してくれた。

「はい。そうです」

お佐江はうれしくなった。

銀杏切りにしようとするところで、また弥之助が声をかけた。

「ここも削り節と同じだ」

「あ。なるべく同じ大きさと厚さで、ですね」

弥之助が無表情のまま続ける。

「火の通りも味の染みこみも等しくなる。これは大根に限らない。できる限り、ひとつの鍋のなかの材料は同じ大きさにすること」

そのほうが料理しやすく、また口に入れやすい。

今日、大根と合わせるのはねぎ。形がまるで違うので同じ形には切れないが、なるべく大きさをそろえるようにと弥之助が指導する。

味噌をとくときには鍋を火から外す。味噌を入れたらもう一度火にかけるが、煮立つまえに火から再び外す――。

こうして味噌汁ができたとき、お佐江は額に汗がにじんで呼吸があがっているのに気づいた。

「味噌汁って、こんなに作るの大変でしたっけ？」

すると弥之助がにこりともせずに言った。

「お佐江どのはもともときちんとできていた。だが、習ったわけではないので手癖でやっていた」

「それで、その癖を直そうとするとどうしても大変だし、気持ち悪い……」

「そういうことだ」

弥之助が味噌汁をついでくれた。どうぞ、と促されて、お佐江が椀に口をつける。

「あ……おいしい――」

ねぎと味噌の香り。大根の滋味。ねぎの歯ごたえ。だしのうまみ。それらを味噌の味わいが包む。

このまま何杯でも食べてしまいそうだった。

「お佐江どの」

と弥之助がわずかに動揺している。

「はい」

「なぜ泣いているのだ?」

と弥之助に言われて、お佐江は初めて自分が泣いていることに気づいた。

「あれ? どうして、あたし――」

弥之助も味噌汁を食べる。目を閉じて味わい、のみ込んでいる。

「ああ……うまい」弥之助は目を開いて、お佐江に言った。「涙が出るほどに、うまい」

「弥之助さま……」

椀を置き、弥之助が襷を外す。

「お佐江どのの昨日の味噌汁はうまかった。わたしの味に近いところまで来ていたらしいと思われる。だが、それだけだというのもわかった」

「弥之助さまの味に近いところ、までだった……？」

「せたやき芋のように工夫のしがいのあるものなら、お佐江どのだけの味を作れる。けれども、誰もが作れる味噌汁のような料理の場合は、野菜の切り方ひとつ、火入れの加減ひとつで味が変わってしまう」

たとえば、今日のように。

「はい」お佐江は椀を置き、襷を外して土間に正座して手をついた。「昨日の自らの慢心、深く思い知りました。お別れの教えと心に刻みつけましてございます」

その途端、弥之助の声色が一変する。

「待て。お佐江どの。顔をあげてくれ」と弥之助まで慌てて土間に膝をつく。

「や、弥之助さま。何を」

お佐江が土下座のまま、あとずさった。

「逃げるなと言うに」

弥之助が、お佐江の両手を取って顔をあげさせる。

「弥之助さま!?」

お佐江、急に手を握られて目を白黒させている。

「おぬしはいつもこうなのか」

「こう、とは？」

「せかせかと、早のみこみをしようとする」

「お、おっしゃる意味がわかりません」

「わたしはおぬしに目を覚ましてもらったのだ」

「ど、どういう意味でございますか」

弥之助が怒ったような表情で迫った。

「わたしは自分を不幸だと思っていた。何者かに襲われ、舌と鼻をおかしくし、これまで専念してきた御料理番としての誇りを失った――と思っていた」

「は、はい」

「わたしは意固地になって自分の不遇を託っていたが、それは米や野菜や魚や、大地とお天道さまの恵みへの冒瀆だったと、昨日のおぬしとおぬしの味噌汁が教えてくれたのだ」

「そんな、大それたことは」

すると、弥之助がさらに睨んだ。

「離縁は相成らん」

弥之助の意外な言葉に、お佐江は息が止まる思いだった。

「それは……」

「おぬしはわたしの妻として――わたしの代わりに味を作れ」

「――っ」お佐江が目を大きく見開く。

「この味噌汁を食べただろう。お佐江どのの舌とわたしの包丁で、こういう味噌汁になる」

「はい――」

「わたしの知識と腕は健在だ。わたしが学んできたことはすべて、おぬしに教える。だから、わたしを支えてくれ」

お佐江は何度か大きく深呼吸を繰り返し、弥之助の目を見た。

「承りました。今日から佐江は、弥之助さまの舌となり、鼻となりましょう」

三三九度などよりよほど心強い契りだ。

腹をすかせた清兵衛が「朝飯はまだかな」とこちらへ声をかけてきた。

はい、ただいま。

お佐江と弥之助が、ふたり一緒に朝飯の支度に取りかかった。

第三章　老中おもてなし膳

一

弥之助の指導が始まった。

これまで二十年以上かかって弥之助が摑んだ包丁人としての技の数々を、お佐江に授けようというのである。なみなみと水の入った大きな瓶（かめ）から別の瓶へ一滴残さず移そうとするのに似ている。

水であっても一滴残さずとなればなかなかに難しい。

ましてや、調理という無形のものである。

弥之助が父・荒木清兵衛から継承した包丁の技であり、そのさらに父祖から伝来した妙技の数々……。

魚のおろし方ひとつでも、これでできた、という境地にはなかなか届かないものである。

「そうではない。もう少し包丁を寝かせて」

と弥之助の叱責が飛ぶ。

「はい」と、お佐江が言われたとおりにしてみる。

「寝かせすぎだ」

「はい」

そのようなやりとりが一日中続く。

お佐江の女中仲間のお琴たちが台所を覗いては、わがことのように辟易していた。

「あんなに怒られっぱなしで、お佐江ちゃん、よくついていってるわ」

「離縁してくれって頼んだのに、だめだって言われてしごかれて」

「あたしだったらもうさっさと逃げ出しちまうよ」

「新婚だからいろいろかわいがってもらっているのかね」

「そうでもないみたいよ？　ふたりとも一日中料理のことしか考えていない」

「ふたりとも頭のなかは料理料理……。そういえば清兵衛さまが『わしは生きているうちに孫の顔を見られるのかのぉ』と嘆いていたわよ？」

などと、お琴たちは話の種にしている。

そのような好奇の目にさらされているなどまるで気づかぬありさまで、お佐江は台所でしごきにしごかれていた。

「お佐江。おぬしは天来の舌と才を持っている。しかし、努力を怠るな。努力を怠ることは慢心。慢心は毒。出される一皿たりとも毒を含むなかれというのが、荒木家の教えだ」

「はい。精進します」

「精進だけではまだ半分だけだ。食べ物や食べてくださる方への感謝。おぬしの得意とするところを忘れるな」

「はいっ」

その様子を耳にすると、俊姫は鷹揚に笑って、

「まあまあ。あまり心配しないで見ていてご覧なさい。お佐江は強い子ですから」

俊姫の言葉が聞こえたかのように、台所から激しい言い合いが聞こえてくる。

お佐江と弥之助が料理のことでけんかしているのだった。

これを日に数度はやる。

若い男が剣術に夢中になるように、お佐江は包丁に夢中で食らいついていっていた。

そんなある日のこと。

暑い一日だった。

参勤交代によって各藩の江戸屋敷には藩主たちが詰めている。となれば互いに交流が発生する。

むしろ、幕府はこれを積極的に推奨した。

関ケ原の戦いはすでに過去のものとなり、幕府の威光によって平和が保たれている。諸藩の交流は、ほんの百年前であれば新しい反乱や動乱の火種になったかもしれないが、いまはむしろ逆である。江戸で流行っている最新の文化や学問を互いに学び合い、諸国へ持ち帰った。各藩で学問を研究する藩校もこうした流れでできていった。

地方にもできる限り平等に江戸の文物を普及させようとする試みは、常に江戸の文化が優位に立っているという前提ないしはある種の江戸信仰があればこそのものだったが、現実に統治には有利に働いた。

江戸屋敷では互いに行き来しながら、能を鑑賞したり、蹴鞠（けまり）をしたりしたという。

文化には食べ物も含まれる。

ただこればかりは、江戸の食べ物が一方的に地方へ伝播したと言うわけにはいかなかったようであるが……。

江戸から全国へ広がった食べ物はいくつかある。そのひとつが「佃煮（つくだに）」だった。もともと江戸の佃島（つくだじま）発祥の佃煮は、売り物にならない小魚を、自分たちの保存食として漁師たちが工夫して作ったものに端を発する。それが評判になって大名たちが国許へ帰るときの土産として持っていくようになり、全国に広がっていったのである。

この佃煮が波前藩にひと波乱を生むことになる。

その日の弥之助は、藩主・酒井重親らとともに加賀藩江戸上屋敷を訪ねていた。

梅雨は終わり、蒸し暑い日々が続いている。

そこで夕涼みにいかがかと、加賀藩から声がかかったのだ。

「まさか天下の百万石から声がかかるとは」と弥之助が唸って独り言を漏らした。

「殿はわれらの知らぬところで顔を広げておいでなのか……」

加賀藩江戸上屋敷に案内されて弥之助が家老・遠山近政（とおやまちかまさ）に声をかけると、近政は無言で厳しい表情をしてみせた。口がすぎるぞ、ということらしい。

「はっはっは。弥之助の期待を裏切って悪いが、わたしと加賀藩に直接の縁があったわけではない。老中・松平忠広（まつだいらただひろ）さまが加賀藩に呼ばれてな。ご老中さまひとりではということで、加賀藩の周りの藩も呼ばれたというわけよ」

と、弥之助の声が聞こえていたらしい重親が、朗らかに秘密を明かした。

通された大広間は畳の青々とした香りがさわやかで、襖は華美を咎められないほどではあるが贅沢に作られている。欄間には細かな彫刻がなされていて、それだけで近政や弥之助たち波前藩の武士たちは感心してしまった。

他にふたつの藩が呼ばれ、席に着いた。

どうやら包丁人は自分だけのようだ、と弥之助は誇らしいような居心地の悪いような複雑な気持ちになった。

重親なりに、いつも努力工夫を凝らして限られた金額と材料から夢のようにおいしい料理の数々を作ってくれている弥之助への、ちょっとした褒美のようなものであった。

ただ、裏を返せば加賀藩に呼ばれて同行できる人材が少ないという意味でもあるから、弥之助は複雑なのだった。

きっと、お佐江がいたら、「おいしいものを食べて、そのぶん、殿さまのお膳においしい料理をお出しすればいいではないですか」と平然と言ってのけるだろう。「加賀藩の珍味佳肴の数々、あたしも食べたかったです」とも言うだろうか……。

「お待たせいたした」

と老中・松平忠広がやってきた。

髪はほとんど白く、人のよさそうな、福相をしている。

老中ともなれば、幕閣の中心であり、いろいろな駆け引きも腹芸もあるのだろうが、そのようなものとは無縁そうな好々爺に見える。

招かれた藩の代表――参勤交代で藩主が江戸詰めしているところはもちろん藩主である――たちが口々に挨拶と礼を言う。重親も、「お招きいただき、ありがとうございます。加賀藩のみなさま方にも感謝申し上げます」と礼を述べていた。

「さっそく始めさせていただきます」

と加賀藩の藩主から挨拶があり、膳が並びはじめた。

どれもこれも実に贅沢な料理だった。

材料ひとつ取っても、加賀から早馬で持ってきた魚や、雉やほろほろ鳥などの江戸の料理屋でもなかなか調理できないような品々が並んだ。

九谷焼の大皿に盛り付けられた鯛の唐蒸し、底の浅い治部椀に盛り付けられた治部煮は、加賀の饗応に欠くことのできない料理である。

鯛の唐蒸しは、尾頭付きの鯛を背開きにして人参や牛蒡を混ぜたおからを詰めて蒸し上げたものである。祝い事に饗されるが、「ご老中さまをお迎えするのですから」と用意したようだ。

色あざやかに蒸し上げられた二匹の鯛が腹をつけるように盛り付けられている。

ほのかに甘からい、よいにおいがする。

加賀では鯛がよく獲れる。しかし、これほどよい鯛を江戸で調達するのはなかなかだ。

鯛に箸を入れれば、皮がねっちりと割けて白い身が出てくる。

「おお、これは」

と老中・忠広が目を細めた。

甘い。

淡泊でありながら香りも味もこれ以上の魚はないと言わんばかりのうまさだった。

魚は焼けば脂が落ちる。煮れば身が縮んでかたくなる。その点、蒸し料理はそのような欠点を持たない。けれども、蒸し料理には調理のうえで最大の欠点があった。

それは「味付けが途中でできない」ということだ。

そのため、蒸し料理は食べる際に醤油やたれをつけることもあった。

だが、この鯛の唐蒸しは違う。

背開きにした鯛の腹のなかに、その名の由来となった「おから」が入っているのだ。

おからは、人参、蓮根、牛蒡、椎茸（しいたけ）などとともに醬油、だし、貴重な砂糖などで炒められている。これらの野菜のうまみ、おからの滋味が蒸すことによって香りごと鯛の身に移り、同時におからに鯛のとろけるようなうまみが乗り移る。

鯛もおからも、うまいことおびただしい。

「このような食べ物があったとは……」

忠広はしきりに感心しながら箸を動かしていた。

「主に婚礼の際に子孫繁栄を願って作りますが、ご老中さまの、また公方さまのますますのご繁栄のために、お作りしました」

と、加賀藩の藩主が説明する。

他の料理も非常によくできていた。

治部煮は鴨肉、すだれ麩（ぶ）、地の野菜を甘からい汁で煮てある。餡のからみ具合を目でも楽しむため、浅い器が使われる。

これも加賀の自慢とする料理のひとつだ。

味は言うまでもない。

鴨肉に小麦粉がまぶしてあるので、とろみがつく。

とろみは、鴨肉をやわらかいままに仕上げてくれる。

さらにおいしい煮汁を鴨肉に絡め、煮汁もまたやわらかなとろみですだれ麸や野菜をまとめていた。

「ああ、この治部煮もうまい」

と、忠広が舌を鳴らさんばかりにしている。

「ご存じとは思いますが、いわゆる筑前煮(ちくぜんに)は汁がなくなるまで煮る『煮染め』のようなものですが、この治部煮は汁ごと召し上がっていただくようになっていますので、どうぞ汁までお楽しみください」

と促されて椀に口をつければ、鴨肉と野菜の味をふんだんに含んだ熱い煮汁が舌をとろかせる。

「寒い冬には格別でしょうが、いまの季節でもとてもおいしい」

と、忠広が目を細めていた。忠広のみならず、どの藩の者たちも、笑顔になったり唸ったりを忙しく繰り返していた。

弥之助はひとくち食べるごとに、そのおいしさと趣向に圧倒される思いだった。

この味をどのようにしたら再現できるのかがわからない。

お佐江を連れてきたかった。

いまの自分の舌と鼻では、とらえきれるものではない。

使われている材料や調理法の見当はつくのだが、いかにすればこの味にたどり着けるのか。

お佐江ならば、きっと嗅ぎ当ててくれるが……。

「いや、これはこれは。酒にもとても合う」

と老中が相好を崩している。

ご老中さまは酒が好きなのだよ、と同行した近政が弥之助にそっと教えてくれた。

締めに飯と汁、それにあるものが出た。

「これは……」

案内役の武士が説明する。

「最後に、江戸でいちばん流行っている佃煮を持ってきました」

小魚を甘からく味つけした佃煮をまえにして、みな驚いている。

佃煮はたしかに江戸で流行っているが、これまで出てきた料理と比べれば安価である。

加賀藩の御膳方は何を考えているのか、と弥之助は思った。

御膳方というのは、波前藩で言うところの御台所頭に相当する。弥之助も、これまで会ったことはない。

飯と汁、佃煮をみなが食する。

「なるほど、うまい」

「うまいのだが……」

各藩の者たちが返答に窮しているのは当然だった。

流行にのって味が洗練されてきた佃煮はうまい。

見た目ほどの塩からさはなく、意外なことに嚙めば嚙むほど小魚や小さな浅蜊（あさり）の味が染み出してくるのは発見だった。

しかし、もともとが漁師たちのまかないのおかず。贅を尽くした加賀藩の膳の締めを担うには、荷が勝ちすぎる。

むしろ佃煮のおかげで、それまでの膳の贅沢さが際だって見えるくらいだ。

加賀の食べ物を並べて満足させた最後に、江戸の佃煮を持ってくる。

これでは、江戸にはこの程度のものしか自分たちの膳にのせられるものはないとでも言いたげではないか。

だとしたら、江戸の食べ物へのこれ以上ない皮肉であり、侮辱である。

逆に、最後の最後で江戸の食べ物への配慮をしてくれたという見方もできなくもない。

これを御膳方の趣向と見るべきか、加賀藩の矜持と見るべきか……。

老中・忠広が苦笑している。

「いやいや。実にすばらしい膳であった。加賀の美味のまえにはわが江戸の食べ物はまだまだ。これから江戸ももっともっと工夫していかねばなりませんな」

老中が加賀藩の顔を立てた。

加賀藩の家老が「とんでもないことでございます」と軽く頭を下げる。

傲岸だな、と弥之助は思った。

「佃煮には悪いが、加賀藩の料理の引き立て役のようになってしまったな」と忠広が苦笑のままやり過ごそうとしている。他藩の者たちがうなずき、調子を合わせていた。

ただ、波前藩の酒井重親だけが曖昧な表情で黙っているだけだった。

二

大広間を出てしばらく、重親と弥之助は黙然としていた。

誰もいない廊下で、とうとう弥之助が我慢できないとばかりに重親に漏らした。

「本日はこのような場にご同席でき、まことにありがとうございました。どれもこれもおいしく、すばらしく、包丁を預かる者のひとりとして感服しました」

「そうか。勉強になったか」

「はい。しかしながら」と弥之助が声を潜める。「最後の佃煮について異議があります」

「申してみよ」

家老が口を塞ごうとしたが、重親が促し、弥之助は続けた。

「佃煮は江戸の漁師たちが自らの飯のために作り出したもの。近年流行になっていますが、それは他の者の都合にすぎません。誰が加賀百万石の膳の締めに使われると思って佃煮を考案したでありましょうか。この佃煮は名も知らぬ漁師たちとその家族の命をつないできた誇りある食べ物です。贅沢な膳の引き立て役にあらず」

弥之助が饒舌になった。気持ちが高ぶっている証拠だ。

重親が肩を揺すった。

「加賀藩の今日の膳を『贅沢膳』と呼ぶか」

弥之助はちょっと口ごもったが、そのまま思うところを言い切ることを選んだ。

「わが藩はたしかに小さい。加賀藩のような贅沢はできません。日々の食事とて、このような膳と比べれば質素。しかし、その料理は民たちが考え、工夫を凝らし、命をつないできた叡智そのもの」

弥之助の脳裏には、ともに働く御料理方の者たちやお佐江が工夫を凝らす姿があり、大根の漬物があった。

「うむ、うむ」

重親は誠実に聞いている。

「わたしは江戸の生まれではございませぬゆえ、江戸の食べ物にも加賀の食べ物にも詳しくありませぬ。けれどもこれだけは言えます。加賀藩の膳、至高ならず。畏れながら、わが藩とて、今日の膳に決して負けてはおりませぬ」

その瞬間だった。

廊下の向こうの陰から、見送りの加賀藩の家老がぬうっと顔を出したのだ。

弥之助は冷や汗が噴き出した。

藩主・重親だけがにやりと笑っていた。


その日の夜、長屋に戻ると弥之助は、お佐江に今日の話をした。

「……そういうわけで、加賀藩と御料理対決をすることになった。ご老中さまをもてなすというていで、判定も老中の松平摂津守（せっつのかみ）忠広さまがされるそうだ」

「まことでございますか……？」

お佐江はとんでもない話を聞かされて、息をのんだ。

加賀藩の饗応料理の数々を詳しく教えてもらおうと楽しみに待っていたら、それどころではない話になっている。

「少し、言いすぎただろうか」

「言いすぎだったと思います。加賀藩のお屋敷のなかで、それは……」

「ふむ。たしかに加賀藩の者は怒っていたようにも思う」

「そのくらいで済んでよかったです」

ほんとうに、料理のことになると熱くなる夫である……。

「だが、殿は悠然とされていたぞ。屋敷に戻ってからも、『おぬしは間違ったことは言っていない』と笑っておられた」

「それは、まあ……」

様子を聞く限り、お佐江でも同じことをしたかもしれないとは思う。

それどころか、広間でがなり立てたかもしれない。

頑固な北国の御料理番と、江戸生まれの妻、こんなところでは気が合った。

「ともかく、加賀藩と言い合いのようになって、落としどころとして双方でご老中さまをもてなそうということになった。頼むぞ」

お佐江はめまいを感じた。

「相手は加賀百万石……。波前藩が五十も集まらなければ釣り合いません」

「そうだな」

「そもそも、料理で勝負事なんて、よろしいのでしょうか」

「それもわかっている」弥之助が少しむっつりした。「だが、あいつらは佃煮をまるで自分たちの料理の引き立て役のようにした。わたしには、貧しい漁師たちの工夫が、結局は高価な材料とそれを手に入れられる金のほうが上だと馬鹿にされているようで、我慢ならなかった」

弥之助の饒舌が止まらない。

「それは、あたしも許せません」

「そんな主張を認めたら、お佐江たちのいろいろな工夫までもが無駄になってしまう。そんな気がして黙っていられなかったのだ」

お佐江は不意を突かれた。

「弥之助さま……」

弥之助は頭をかいている。

「話が飛躍しているのはわかっている。けれども……」

お佐江はそっと弥之助の手に、自分の手を重ねた。

「あたしが反対できるわけないじゃないですか」

「では手伝ってくれるか」

「もちろんです。ふふ」

「何が楽しいんだ？」

「ときどきまかないでおいしいものを作れればと思っていただけのあたしが、まさか加賀百万石さまを相手にするなんて」

「勝負は五日後。――怖いか」

勝敗の如何によっては、お咎めを受けるかもしれないと弥之助は言っているのだ。

考えていなかった。けれども、それが男たちの世界というものだ。

「怖くなんてありません」と言って、お佐江は小さく震えた。

「怖いようだな」

「武者震いです」

弥之助は視線を落とした。

「わたしは——怖い」

「え？」

「あの百万石の膳を実際に食べているからな」

お佐江は、ほっと息を漏らした。

「ほんとは、あたしも怖いです」

「だろうな」

しかし、お佐江は背筋を伸ばした。

「でも、負けられません。あたしたちには波前藩の土と水がついているのですから。それに」

「それに？」

「弥之助さまがいらっしゃいますから」

弥之助は表情を変えずに答えた。

「わたしも、おぬしがいればなんとかなりそうな気がするのだ」

「弥之助さま……」

お佐江が袖をいじるようにしながら、小さくはにかむ。

「そういえばご老中さまは加賀の治部煮を食べたとき、『酒にとても合う』と喜んでいらっしゃった」

お佐江は顎に手を当てて考える仕草になった。

「ご老中さまがそのようなことを……？」

「ご老中さまは、酒が好きらしい」

お佐江の声がやや大きくなる。

「それをお料理の組み立てに生かしましょう」

しかし、弥之助がやや厳しい表情を見せた。

「もてなし料理は基本となる形式がある。加賀藩のもてなしの型を話しただろう？型を外して奇をてらっても必ずや負けるだろう」

もてなしの料理には一定の順序があり、型が決められている。

それは長年の知恵で生み出されたものだ。将棋の定跡のようなものである。

「おっしゃるとおりだと思います。けれども、普通にやって加賀藩に勝てるかと言われればいかがでしょうか」

「それを言われると弱いな」

夏の夜。お佐江はさっそく弥之助と話し合いを始めた。

だが、ただの話し合いではない。

今日出た加賀藩の料理とそれに対して自分たちはどのようにするか——いかにして百万石とのけんかを勝ち抜くかの相談だった。

三

波前藩家老の遠山近政は、翌日から暇があってもなくても台所の弥之助のところへ顔を出すようになった。

「弥之助、弥之助」

お佐江に気を遣ってか、近政は弥之助だけを呼び出す。

「何か」

「加賀藩ととんでもない約束をしてくれたな」

「ご老中さまのおもてなしですか」

近政は目をつり上げた。

「かんたんに言うな！　おぬしの包丁に波前藩二万石の命運がかかっているのだぞ」

「わかっています」

「わかっておらぬわ。もし万が一のときには、藩を守るため、わしとて皺腹をかき切らねばならん。そのときはおぬしも一緒じゃからな」

言うだけ言って、近政はせかせかと去っていく。

二日たった頃、また来た。

今度は少し様子が違う。

近政は妙に渋い顔で、弥之助に問いかけた。

「加賀藩との対決、ほんとうに大丈夫なのか」

「ええ」

と弥之助は仕事の手を休めずに答える。

近政は台所を見回した。

「お佐江はどうしている」

「元気です」

「そうではなく」と近政が声を潜める。「いないではないか」

「いろいろありまして」

「お佐江も協力してくれるのだよな？」

「はい」

今度こそ近政が痺れを切らしたように、「だったらどうしてこの頃、台所にいないのだ」

近政の言うとおり、お佐江はいまこの台所にいない。

「女中の仕事があるのではないですか」

「そんな悠長なことを言っている場合か。お佐江を連れてこい」

弥之助が野菜を洗う手を止めた。

「ずいぶんと、お佐江にご執心ですな」

「当たり前だ。お佐江の舌と腕については、聞き及んでいる」

「では、お佐江も加賀藩とのおもてなし対決で、わたしと同じくらいに腕を振るうのを期待されている、ということですね」

「そうじゃ。そのとおりじゃ。とにかく勝ってくれ」

と近政が拝むようにしている。

「いまの言葉、忘れないでくださいね」

「わかった。わかったから、お佐江は何をやっている」そう言って近政は地団駄を踏むようにした。「昨日も今日も、勘定方に本を買いたいと金を出させている。俊姫さまの好きな黄表紙でも買い回っておるのか」

「お佐江に聞いてください」と、弥之助は野菜を再び洗いはじめる。

近政から見えないところで、弥之助が片方の頬を持ち上げた。

それからしばらくして、お佐江は呼び出された。

「そろそろ夕食の支度を始めよう」

と思っていたが、今度は家老の近政ではなく藩主の重親からとなれば、文句は言えない。

「殿もご心配なのだろう」と弥之助が他人事のように言う。

「弥之助さまが百万石を相手に啖呵を切ったからでしょうね」

「ふむ。わたしも江戸の風に当てられたのかもしれぬ」

お佐江はまじまじと夫の顔を見つめた。

弥之助はいつもの仏頂面である。

「もしかして、楽しんでいらっしゃいますか」

「妙な勘ぐりをするな。殿がお待ちだ。早く行け」

早足で廊下を渡り、重親の間に行くと、重親と俊姫が下座に座っている。上座には見たことのない初老の人物がゆったりと座っている。

殿さまと俊姫さまが下座に着くなんて……。

「佐江、参りました」

すると、上座に着いていた人物が口を開いた。

「松平摂津守忠広である」

「まつだいら……えっ!?」仰天した。

「お佐江」

と、重親がたしなめる。

「も、申し訳ございません」

お佐江は正座のままあとずさり、平身低頭する。

「よい。忍びとはいえ、急に訪ねてきたわしが悪い」

老中のそばにお忍び用の頭巾が置かれていた。

「は、はあ……」

よい人らしい。

「ご老中さまが、お佐江にお話があるそうで」

「はい……」

どうして天下のご老中さまが、自分のことを知っているのだろう……。

重親が咳払いをすると、忠広が苦笑しながら続けた。

「お佐江どのは、こちらの御台所頭のご新造だとか」

「は、はい……」

話がまったく見えず、お佐江はおろおろしている。

「新造どころか、夫と一緒に包丁を握っています」

と重親がつけ加えた。

「ふむ。ならばこたびの加賀藩とのやりとりは」

「伺っています」と、お佐江が両手の指先をついたままで答える。

そうか、と頷いた忠広が、眉間にしわを寄せた。

「実はここに来るまえに加賀藩の江戸屋敷にも顔を出してきた」

「はあ」

「先日の一件、あまり事を荒立てないで収められないかと思って向こうの御膳方・

大木貞安どのに掛け合ってきたのだが」

「はあ」お佐江は眉をひそめる。

「『先にけんかを売ってきたのは波前藩。こちらはそれに全力でお相手するのみ』と、にべもなく……。それで波前藩の荒木どのの様子を窺いに来たのだが。ご新造のほうからうまく取りなしてはくれまいか」

重親が声を低くして、お佐江に声をかけた。

「これ、お佐江。なんという顔をしているのだ」

そんな顔をしていただろうか。

しかし、こういうことは好きではない。

「けんかを売ったのはたしかに波前藩の荒木。加賀藩と比べれば、吹けば飛ぶような小藩にございます。しかし、その気概は将軍さまをお守りする藩として人後に落ちるつもりはありません」

「ふむ?」

「あたしが先日の席にいても、きっと荒木と同じことを言ったはずです。加賀百万石、相手にとって不足なしです」

重親が天を仰ぎ、俊姫が着物の袖で口を隠して笑っている。

忠広が目をぱちぱちさせた。

「酒井どの。わたしは何か間違ったことをしてしまったか」

自分が火に油を注いでしまったことに気づいたらしい。

「いや、なんと申しますか、お佐江は江戸の商家の生まれでして……」

と重親が言うと、忠広が合点がいったという顔になる。

「『東男に京女』と言うが、東女も江戸っ子気質だったか。火事とけんかは江戸の華というやつだな」

「畏れ入ります」

忠広が脇息にもたれて肘をつき、頬杖を使うと、楽しげに笑いはじめた。

「ははは。実はな、わしも若い頃は酔った勢いでけんかをよくしたものでな」

「えっ⁉　ご老中さまがですか」

突然の忠広の告白に、お佐江のみならず重親と俊姫も驚く。

「もとは神田明神近くの小さな旗本の生まれでな。いわゆる分家の生まれよ」

「左様でございましたか」

俗に神田生まれの江戸っ子と言うが、主として町人のことを指す。忠広は武家だから江戸っ子とは言えないのだが、神田生まれの血が騒ぐらしい。

「本家のほうに養子で入って、どういう因縁か老中となった。ほんとうは町人に生まれて江戸っ子をやっているほうがよかったかもしれぬ。今回のことも、けんかなら派手にやってしまえという気持ちもあってな」

「では、そのままやってしまいましょう」

と、お佐江が同じ江戸の生まれとして明るく言うと重親が咳払いをした。

「ふふ。加賀藩も波前藩もやる気なら思い切りやってもらおう。ただし、ひとつだけ条件がある」

「はい」

「勝敗がどうなったとしても、誰ひとり処罰されたり切腹したりなどせぬこと。これは加賀藩にも藩主以下、すべての者に承知してもらった。よいな？」

これについては重親が「かしこまりました」と頭を下げる。

忠広が頷いて、茶をすすった。

お佐江が尋ねた。

「畏れながら、ご老中さまはお酒がお好きだとか」

「うむ」と忠広はにやりと笑った。「酒はな、母が教えてくれたのだ」

「え？」

意外すぎる言葉だった。

「月に一度、母に連れられて神田明神に出かけたときにな。母が『内緒だよ』と、のませてくれた酒が生まれて初めての酒の味よ」

「まあ」

「はっはっは。貧乏旗本の女房どののささやかな楽しみだったのだろう。実父は酒がのめぬ人だったから」

神田の小さな店の、ごくささやかな座敷で一緒においしいものを食べる忠広に「ほんのちょっとだけ」と、母親が酒をなめさせている様子が目に浮かんだ。

「ぶしつけですが、ご母堂さまは……？」

「もう死んでしまった。元服して本家へ養子へ出るまえの話だ」

「立ち入ったことをお伺いしてしまいました」

「かまわぬ。それにしても」と、忠広が腕を組んでさみしげに視線をさまよわせる。

「老中になってうまいものを食べるたびに、『ああ、母にも食べさせてやりたかった』と何度も思う。孝行したいときに親はなしとは、よく言ったものよ」

「……………」

「わしが酒を好むのは、酒をのむときに母と一緒に酒と食べ物を味わっているような気になるからかもしれぬなぁ。ふふ。わしにとっては母とのんだ酒がこの世でもっともうまい酒だったのかもしれぬ」

「そのお酒は、なんという名前の……？」

と、お佐江が尋ねると老中は頬杖を解いて首を横に振った。

「わからぬよ。何しろ元服まえのことだからな。わしもあれこれ探してみたが……」

「左様でございますか」

忠広が立ち上がる。

当日を楽しみにしていると残して、頭巾をかぶった忠広が出ていった。

忠広が帰ったあと、お佐江はすぐに弥之助にその話をしに行った。

「なるほど。ご老中さまの酒好きにはそのような思い出があったのか。それならば、なおさら『酒』と相性のいい献立を考えないといけないな」

と弥之助が腕を組む。

「そのようないきさつは知らないまでも、加賀藩もそうしてくると思います」

「いま江戸で最高の酒となると、やはり坂上（さかのうえ）の剣菱（けんびし）か。それとも、目新しいところで最近たくさん作られるようになってきた流山（ながれやま）のみりんとか？」

「加賀藩の財力ならすべてそろえられましょう……」

加賀の地酒を持ってくることも考えられた。

波前藩に上等な地酒は、ない。

「わが藩は金がないから、剣菱とて手に入るかどうか……。どうした？　浮かない顔をしているが」

お佐江はため息を漏らした。

「何かひっかかるのです」

「ひっかかる？」

お佐江は白い指を顎に当てて、自分の考えに深く入り込んでいく。

今夜の食事の準備のためにしていた白襷を外すと、お佐江は外へ出た。

「ちょっと出てきますっ」

「おい、お佐江」

「すぐ戻りますから」

自分の目と足で確かめなければいけない。

お佐江は神田へ走っていた。

四

とうとう五日がたち、約定の日となった。

場所は加賀藩江戸上屋敷である。

両藩の膳を並行して準備するためにはそれなりの広い台所がいるからだ。

老中の他、四人が同席するという。

だが、判定者はあくまでも老中ただひとりである。

「これは、まるで大広間ですね」と波前藩の御料理方のひとり、河上新三郎が肩をすくめた。「事前に台所を見せてもくれなかった。いきなりこんな広い台所を見せつけて動揺させる魂胆だったのでしょうか」

「料理のまえから勝負は始まっているということだ」と、同じく御料理方の池田宗兵衛が静かに答えた。

「宗兵衛どのの言うとおりだ」と弥之助が同意してみせる。「さらに言うなら、勝負は戦いのまえの段取りで八割は決まっている」

「こんな大きな台所を使ったことがない俺たちは段取りも何も、不利ではないか」

と新三郎が文句を言っている横で、お佐江が目を輝かせていた。

「これが百万石の台所ですか。広くてきれいでいいですねぇ」

お佐江が背負ってきた荷物を下ろしていると、背後から低い男の声がした。

「江戸屋敷の台所くらいで驚かれては困る。国許の金沢城の台所はここことは比べものにならぬほどに、広い」

振り向けば男が立っている。見上げるほどの背の高さは六尺（約一八一センチメートル）を超えていようか。背は高いのだが、肉づきは細い。同じく糸のように細い目をしていて、笑みを浮かべているせいか、ほとんど目を閉じているように見えた。

よく言えば公家のような顔立ちであり、悪く言えば狐のような顔である。

小豆色の素襖という礼装の出で立ちは、彼が御膳方であることを示していた。

「あ……」と、お佐江が反射的に弥之助の陰に隠れるように動く。

公家顔の男が頭を下げた。

「それがしは加賀藩御膳方・大木貞安と申します。本日は不慣れな台所へお招きし、まことに申し訳ございません」

弥之助が半歩まえに出た。弥之助もすでに素襖姿である。

「わたしは波前藩御台所頭・荒木弥之助。本日はよろしくお願い申す」

貞安が小さくうなずく。

「荒木どのの家も、代々の包丁人の家と仄聞しました」

「はい。当家御台所頭を拝命し、わたしで五代目です」

「それがしも同様に父祖より包丁の技を伝えられています。加賀藩の包丁人こそ天下一たれ、と」そこで言葉を切った貞安は、お佐江をじろりと見た。「そこのお女中は」

「これはわたしの妻・佐江です」

いまは女中ではありませんと、お佐江は心のなかでつけ足す。

「ご新造が何故にこの場に……？」

至極真っ当な疑問を貞安は口にしたのだが、お佐江はそれに言い返した。

「あたしも包丁を取るからです」

困惑したような目で見下ろす貞安を、お佐江は敢然と見上げた。

加賀百万石の六尺男、何するものぞ。

すると貞安は、忍び笑いを漏らした。

「くくく。女の身で、包丁人の仕事をしようとは……」

「いけませんか」

お佐江、ほんとうは貞安の細目が気味悪くて仕方がない。

いまの自分は武家の妻でも女中でもない。ちきしょう、べらぼうめぇ。こちとら江戸っ子でい。――そんなふうに勇を鼓している。

貞安は薄く笑ったまま、台所の奥へ行ってしまった。

波前藩の者たちは誰からともなく、安堵の息を漏らした。

「加賀藩御膳方、初めて見た……」

と弥之助が唸っている。お佐江もしきりに頷いた。

「あんな方だとは知りませんでした」

「どうにも表に出てこない男だからな」

「それは俺たちだってそうでしょう」と新三郎が自嘲するように言った。「飯は華やかに、包丁人は地味に。それが俺の信条ですよ」

老中の家臣が出てきて、両藩の包丁人に説明をしはじめた。

始め、という老中の家臣の声で、料理が始まった。

お佐江や弥之助がなれない台所に戸惑っているうちに、貞安ら加賀藩の包丁人たちは黙々と作業を進めている。

ふと、貞安が台所から出ていった。

どうしたのだろう、と大根の皮をむきながら、お佐江が首を伸ばす。

しばらくして貞安が戻ってきた。「これで」と例の笑みを浮かべたまま、文字を書いた紙を差し出した。加賀藩の他の包丁人が恭しくそれを受け取り、料理の邪魔にならないところに掲げる。加賀藩の包丁人たちが険しい表情のまま、その紙を一瞥した。誰も手を止めない。

「あれは、お品書きでしょうか」

お佐江が包丁を置いて、貞安が書いてきたとおぼしき紙を眺めた。

「うん？　本膳、二の膳、三の膳……そのようだな」と弥之助が野菜を洗う手を止める。「……七の膳まであるのか」

饗応料理は文字どおり客をもてなすために作られる料理である。もてなすためには見た目の派手さも重視された。

一の膳を本膳と呼ぶところから本膳料理とも称される。

平安時代に臣下が天皇などをもてなすために催された大饗料理とは違い、武士を中心に広まった料理の形式だった。

基本の形は一汁三菜で、内容は飯、汁、香の物、なます、煮物、焼き物。飯と汁は数えていない。よって四品なのだが、「四」が「死」を連想させるため、一汁三菜と称するとも言う。

　膳の数が増えれば、汁と菜の数も増えていく。

　なお、四の膳は与の膳と言い換えているが、これも一汁三菜の称し方と同じ理由と言われている。

　お佐江がちらと見ただけでも、貞安たちの手もとには生きのいい鯛や海老があり、つやつやとした野菜がある。

　五日の準備期間に、あらゆる手段でかき集めたのだろう。

「加賀野菜もあるな」

　と宗兵衛が苦い表情で言う。

「加賀から運んだ、とでも？」と新三郎。

「そうだろうな」

　早馬か早駕籠か、いずれにしても尋常ならざる手段で取り寄せたのだろう。

　弥之助の目つきが険しい。

「お佐江。どうだ？」

　お佐江は低い声で答えた。

「波前藩ではあれほどの材料は端からそろえられなかったし、膳の数も足りないのも織り込み済みです」

「料理を小分けにすれば膳の数はなんとかできるかもしれぬが」

お佐江は包丁を置くと、弥之助に近づき、「弥之助さま」とその手を重ねた。

「お佐江……？」

「あたしたちはどうやっても藩の大きさでは加賀藩に勝てるわけはない。そのことでいまさら心を揺らしてはいけません」

新三郎がぎょっとなった。「ちょっと待ってくれ、お佐江どの。あんた、端から負け戦だと思って料理を作るのか」

「そんなわけありません」と、お佐江が今度は、新三郎の背中を叩いた。

「お佐江どの、痛い……」

「お佐江ちゃんがやさしいのは、御台所頭に対してだけみたいだ」と宗兵衛。

加賀藩の包丁人たちが、この様子を見て笑いを堪えている。

しかし、貞安が無言で睨むと、包丁人たちはばつが悪そうに頭を下げて、手を動かしはじめた。

「そうは言ってみたものの、材料からしてずいぶん水をあけられてしまったが」

との宗兵衛の言葉に、お佐江が今度は宗兵衛の背中を叩きながら、

「上を見たら切りがありません」

お佐江は男たちを叱咤激励し続ける。

「予定どおり、四つのお膳で行きます」

お佐江の澄んだ声が聞こえたのか、加賀藩の包丁人がちらりとこちらを見た。

貞安だけは細目を薄い笑いにさせて無心に手を動かしている。

お佐江は弥之助と小声でかんたんな打ち合わせをした。打ち合わせというより、確認である。

「大丈夫なのだな？」

「大丈夫……だと思います」

勝負はここに至るまでで八割は決しているのである。


本膳料理は、本来なら料理のまえに式三献という儀式性の強い酒宴がある。

献は杯の意味で、三杯の酒とでもいうべき宴の作法であった。

たとえば初献には雑煮、二献に饅頭、三献に羹（吸い物）というふうに肴がつき、酒を楽しむ。

これだけでも腹が満たされそうだが、もともと式三献を含む本膳料理は能などを鑑賞しながら一晩かけて楽しむこともあったのでこのような形式が整っていった。

今日は、式三献はない。

物足りませんかと、老中・松平忠広に家臣が尋ねれば、忠広はやさしい表情で、「そのぶん今日は本膳が二回ある」と笑ったという。

やはりよい人だなと、お佐江は思った。

お佐江と弥之助は、大広間にときどき顔を出しては、様子を見ている。

まず、加賀藩の饗応料理が出された。

本膳は御飯と御汁、海老と加賀野菜の煮物、なます、香の物。

どれも集められるもっともよい材料を使って、丁寧な仕事をしている。

「うむ。これは」

と忠広が刮目し、箸を動かしていた。

煮物は加賀野菜のうまみがしっかり出ている。

そこに赤く色あざやかに煮た海老が一緒になっていた。海老の香ばしいにおいはしつこくなく、ましてや生臭さなどはこれっぽっちもない。殻をむいても身が痩せてしまっているようなことはなく、ぷりぷりとした歯ごたえ。そのうえ、野菜の煮物のうまみも吸い込んでいるのだから、忠広のみならず唸るしかないというものだった。

なますも普通のなますではない。鯛、さよりの刻んだものがあり、人参が目にあざやかだった。酢だけではなく、生姜も使い、さっぱり仕上げてある。

当然、酒も出た。

やはり、剣菱である。

昨今、相撲の番付を真似て作った『江戸流行名酒番付』という酒の番付表に、東の最高位として書かれているのが坂上家の作る剣菱だった。蔵元は伊丹にある。上方から江戸への廻船の発達により、江戸でも剣菱を入手することが容易になったため、大流行となった。

「軽快でありながら後味が軽やかな辛口の剣菱が、煮物の味をくっきりさせつつ、きれいに流してくれる。実にうまい」

と忠広が褒めていた。

式三献ではないが、十分に酒を楽しめるようにできている。

お佐江は興奮していた。

まさに酒好きの忠広だけのために、すべての材料と味を合わせてきている。
それほどにひとりのために集中してくる加賀藩の姿勢が、お佐江の胸を打つのだった。

さらに二の膳。杉箱に飛龍頭（ひろうす）、器の形から猪口（ちょこ）と呼ばれる和え物、御肴として鯨（くじら）、御汁である。

飛龍頭はもともとポルトガル伝来の菓子フィリョースからきているが、豆腐を潰して油で揚げた精進料理を指している。人参、牛蒡、蓮根などを刻んだものが一緒に入っているので、食感も楽しく、油で揚げているので満足感も高い。

それに細心の注意で仕上げただしをはってある。

このだしだけでも飯が何杯も食べられそうな出来だった。

口に入れたときに、だしがじゅわりと広がる楽しさとおいしさは、他では味わえない。

猪口は和え物だが、胡麻で和えられたいんげんが添えられていた。

緑のにおいが心地よく、胡麻の舌触りと香りが、いんげんから複雑な味わいを引き出している。

三の膳には鯛の唐蒸しと椀盛りの煮物汁がある。

この三の膳の煮物と区別するために、一の膳の煮物は坪、二の膳の煮物は平とも呼ばれる。器の形からきていた。

鯛の唐蒸しは先般と変わらない献立だが、初めて食べたかのように味わい深い。

これまで、人参や牛蒡、豆腐など、それぞれの材料があるいは刻まれ、あるいは花形になり、あるいは潰され、まったく別の料理に変じている。

そのひとつひとつが千変万化の味を舌に残し、喉を通っていった。

「次から次へと、まるで口のなかで諸国を漫遊しているようだ」

と忠広が眼を細めている。

さらに与の膳、五の膳と続く。

加賀藩の包丁人たちが立ち回り、老中らをもてなす。

その折り目正しさ。熱いものはきちんと熱く、それぞれの盛り付けを崩さぬように運ぶのはそれ自体が見物だった。

「これは――」と、お佐江の顔色がさすがに青くなった。先ほどまでの興奮はなりを潜め、むしろ戦慄している。「本気を出した加賀藩御膳方とは、ここまで……」

細身の大木貞安が、いかなる風にも折れぬ柳のようにしたたかに見えた。

「さすが百万石」

と弥之助が低く言う。

その弥之助の額に脂汗がにじんでいた。

お佐江は自分の太ももをつねる。自分がここで、加賀藩の料理を見ただけで、心萎えてどうするのだ。弥之助は江戸庶民の味と自分のつたない工夫のために、加賀百万石にけんかを売ったのだ。夫はまだ負けたなどと思っていない。自分はそれを信じてついていくのだ。そうだ。けんかは勝たなければだめだ——。

七の膳まで出たところで、貞安がふわりと一礼した。

「このあと八の膳として、お土産の焼き物を用意してあります。本日の裁定の如何にかかわらずお渡しいたしますので、どうぞお楽しみになさってください」

その言上に、弥之助が眉間にしわを深く刻んだ。

「土産まで……。獅子は兎を捕らえるにも全力であたるというが、これがそういうことなのか」

たかだか二万石の波前藩の料理に対抗するのにここまでやるとは——。

弥之助が疾く台所へ戻った。

「弥之助さま」とお佐江が続く。

台所へ着くと、弥之助は水でざぶざぶと顔を洗い、そのあと自らの両手で頬を何度か叩いた。

「よし。いくぞ」

お佐江も少し遅れて入って同じように気合いを入れる。

「百万石、何するものぞ」

と、お佐江が気合いのこもった声を出せば、弥之助たちは苦笑し、貞安は細い目のまま、お佐江を見据えた。

「気合いは十分だな」と弥之助が確認する。

「男は度胸、女も度胸です」と、お佐江は自分を奮い立たせ、「あたしたちは四つのお膳でおもてなしします」

波前藩の饗応料理が出た。

お佐江の予告どおり、四膳である。

本膳には烏賊(いか)を使った煮物と白魚を使った汁が用意された。

あしらった木の芽もあざやかに、烏賊は絶妙の加減でやわらかく煮つけてある。

その烏賊のうまみは少しも余さず煮汁を経てともに煮た里芋や人参に移っている。

まったりと粘り気のある里芋に、烏賊の滋味が深く染みこんでいた。

里芋こそが主役。嚙めば嚙むほどに複雑な味が次々に現れ、やがて口のなかに里芋の形はなくなってねっとりとしたうまみの塊だけが残った。

弥之助が包丁を振るい、お佐江が味をしっかりとまとめ上げている。どこへ出しても恥ずかしくない仕上がりだった。

「ほう。こちらもうまそうだ」と忠広が眼を細める。「飯の量を少なくしてくれた気遣いはうれしい」

弥之助が、黙然と小さく頭を下げている。

「本膳が烏賊に白魚？」と様子を見ていた貞安が眉間にしわを寄せた。「そんな本膳料理、聞いたことがない」

その反応に、お佐江は作り笑いで返す。

「まだこれからです」

二の膳を見た忠広が驚いた顔をした。

「これは……うなぎの蒲焼きか」

弥之助が返す。

「うなぎは脂もにおいもきつうございます。他藩の台所で調理するのはいかがなものかと思い、本日はうなぎもどきのせたやき芋を用意しました」

これは弥之助のせたやき芋ではなく、お佐江のせたやき芋だった。

「お。この味はまさにうなぎの蒲焼き――」

忠広が刮目している。

こういうとき、弥之助は思わずあきれてしまう。

お佐江の舌の繊細さはどういう仕組みなのだ。

江戸の町の食べ物屋はみなそれぞれに工夫を凝らし、しのぎを削っている。人気が出れば黒山の人だかりになって繁盛するからだ。

当然、そうでない店は潰れていく。江戸は厳しいのだ。

その食べ物屋の店主たちの工夫の多くは秘密にされているのだが、お佐江の舌はやすやすとその秘密を暴いてしまう。

お佐江がもっと悪人であったら、あちこちの食べ物屋を潰すか、味の秘密を守るために金を巻き上げることもできるだろう。

そのようなことをしないからこそ、お佐江は天からこのような才を授かったのだとも言えよう。

二の膳には、さらに鯉(こい)の味噌煮がともにあった。

鯉はよく太って脂ののったものを捕まえて波前藩江戸上屋敷で泥を吐かせたので、臭みは抜けている。

「おお。これはまた……」と忠広が舌鼓を打つ。「鯉というものはこれほどにこくのある魚であったか」

忠広が酒で口のなかをすっきりさせている。

こちらもなんとか手に入れた剣菱である。

もっとも、同じ剣菱でも加賀藩のもののほうが出来のよい酒をわけてもらっているのではないかという疑念は去らないが……。

だが、波前藩なりに工夫をした。

この味噌煮に剣菱を使ったのである。

お佐江の発案だった。

のんでうまい酒なら、料理に用いてもうまいのではないか。

至極単純な発想ながら、実にそのとおりである。

おかげで今回の鯉の味噌煮は、ただ味噌で煮ただけでは得られない香りと奥深さが出た。剣菱の味に合わせるために何度も試行錯誤を繰り返した甲斐があったというものである。

そもそも照りが違う。

さらに鯉の身と皮と骨から出た味と脂が残らずうまみに化けている。

黄色い針生姜が、鯉の味をさらにくっきりさせていた。

三の膳には、豆腐の田楽、茄子の香の物がある。

「ふふ。こちらも酒が進む」と老中が含み笑いを漏らした。「与の膳まであると聞いていたが、ここまでか？」

弥之助はかぶりを振った。

「いいえ。きちんと四つ目の膳までございます。ところでここまでわが藩の膳をお召し上がりになって、何かお気づきのことは――？」

「実によい味だった。特に問題はなかったと思うが」

弥之助は背筋を伸ばし、声を張った。

「畏れながら申し上げます。加賀藩は百万石の大藩。それに比べわが藩は二万石の小藩。吹けば飛ぶようなもの」

「ふむ？」

「されど、小藩には小藩の誇りがございます」

弥之助がきっぱりと言った。

お佐江はそれだけで泣き出してしまいそうだった。

「誇りとな？」

「それは神仏からいただき、神君家康公より安堵いただいた波前藩そのもの。その土地と土地に生きる者たちの命をつなぐ季節の恵み。ゆえに本膳から三の膳まで、それぞれ春と夏と秋を表すように作りました」

弥之助が巌のような表情のまま、饒舌となる。

烏賊と白魚は、春の味だ。

鯉は夏であり、せたやき芋で表したうなぎも同様である。

茄子はいまの季節のものしか手に入らなかったが、俗に「秋茄子は嫁に食わすな」とも言われる秋を代表する味覚。温かな豆腐の田楽は秋口になれば人々の口を喜ばす。

「なるほど。実によい趣向だな」

加賀藩御膳方の貞安が糸のような目で微笑みながら、お佐江を凝視している。

その目が問うている。「これらを考えたのは、おぬしかな?」と。

だから、お佐江はまっすぐ正座していた。

そうです。今日のお膳を考えたのは、このあたし。

名づけて春夏秋冬膳——。

「となれば最後は冬か」と忠広。

「左様にございます。しかしながら当家は加賀藩のように金がありません。冬のうまい甘鯛や脂ののった猪などを貯めておけるわけもなく」

あっけらかんと弥之助が言えば、広間に苦笑が満ちる。

「そうだな。いまは夏。冬と同じ食べ物が手に入っても、味が違う」

「ゆえに、うなぎと同じことをやらせていただきました」

「なんと?」

四つ目の膳が運ばれてきた。

浅蜊の佃煮と、からの椀がのっているだけである。

「冬は何もない、と言いたいのか」

「いいえ。いま種明かしをします」

あとから新三郎たちが、おひつと大鉢を持ってきた。

香ばしいかおりが立つ。

これは、とみなが訝しんでいると弥之助が説明する。

「波前藩の冬はすべてが雪のなか。その雪を見立てました」

と、弥之助はその場でおひつから飯をよそった。ただの飯ではない。麦飯である。

そのうえに大鉢からとろろをかける。

とろろが麦飯を覆い、雪原のように見えた。

「このとろろ飯は畏れ多くも神君家康公も好んで食されたものと伺っています。神君のご努力あればこそいまの江戸の繁栄はあり、佃島も整い、この佃煮も生まれました。してみれば、この佃煮は神君家康公に始まる江戸の血と汗と涙の結晶。これ以上の美味がありましょうか」

「…………」

「春夏秋冬の神仏の心に思いを馳せながら、また神君家康公の功績に学び、お上に忠義を尽くし、民を愛し、民とともに生きるのが波前藩のもてなしの心にございます」

言い終えた弥之助が深く頭を下げていた。

弥之助の言上を聞きながら、お佐江は着物の袂で目の端を押さえていた。

普段は言葉少なな弥之助ゆえにこそ、いざ饒舌となったときの言葉の力は鋭い太刀筋のように閃く。

あのような弁舌は自分にはできない。

否、言葉で料理の心を伝えるなど、弥之助にしかできないだろう。

自分が思っていたことを余すところなく伝えてくれた弥之助には、感謝しかなかった。

老中が、とろろ飯を目の高さに掲げる。

「なるほど、とろろ飯にはそういう謂われがあった。大権現さま（家康のこと）は冬の寒さの如き忍耐に忍耐を重ね、天下人となられた。この見立ては実にすばらしい」

人の一生は重荷を負うて遠き道を行くがごとし。急ぐべからず。

堪忍は無事長久の基、いかりは敵と思え。

この家康の遺訓を白い冬の雪原に見よと言われれば、とろろ飯は威儀を正して食らうべき逸品に化ける。

「それだけではないな。——浅蜊の佃煮がある」

と貞安が冷ややかな声で、お佐江に尋ねた。

お佐江の代わりに弥之助が返事をする。

「左様。浅蜊は春の味覚。厳しい冬にも春への希望があるという意味であり、また人の努力で季節が違ってもおいしく食べることができる——つまり、民の力こそ明日への希望であるという想いを込めました」

とろろ飯を平らげた老中たちは感服した。

五

「これで、仕舞いか」

と貞安が独り言のように小さく言った。

貞安の狐のような笑みが消えている。

お佐江は言った。

「御膳はここまでです。しかし、最後にお口直しがございます」

「口直しとな?」と忠広が目を見張る。

お佐江がにっこり笑った。

「甘いものを用意しました」

老中たちから笑い声が漏れる。「飯のあとに甘味か」

「甘いものは別腹にございます」

小さな膳が入ってきた。

黒塗りの漆の皿ではなく、ごく普通の焼き物の皿がのせられている。

お佐江と弥之助が軽く視線を合わせて、互いににやりとした。

貞安が眉をひそめた。

皿には、たれをぬった団子がのっている。

「これは……」

と忠広が引きつった表情で尋ねた。気分を害されたのではない。むしろ、心の奥の奥にある何かを不意に掘り当てられた気持ちのはずだ。

「神田明神のそばの団子屋のお団子です」

一同がざわついた。

焦げ目も香ばしいみたらし団子がふた串ずつ、皿にのっている。

「これはおぬしが作ったのか」

と老中・忠広が尋ねれば、お佐江はぬけぬけと言った。

「いいえ。お団子屋さんに来てもらって、こちらで焼いてもらいました」

加賀藩の貞安の眉がつり上がる。

「どこの誰とも知れぬ団子屋に、わが藩の台所を使わせたのか」

お佐江はさすがに怖くなったが、弥之助が「まずはお召し上がりください」と強引に話を進めた。

「どれ」と忠広が団子を手にし、ひとつ口に入れた。「あっ、これは――」

貞安が怪訝な表情で見ている。

お佐江が瞳を輝かせた。

「どうですか、このお団子。覚えておられませんか？」

老中に向けてそのように問えば、周りの目が忠広に集まる。

「この団子は、もしや……」

「そうです」と、お佐江が頷いた。「かつて、元服まえのご老中さまがご母堂さまとご一緒にお召し上がりになったお店の団子です」

老中が驚愕した。

「なんと。わたしはただの一言も団子とは言わなかったはずだ。何しろこうして口にするまで自分が食べたものが団子だったことも忘れていたのだから」

弥之助が、お佐江を促す。

「たしかにおっしゃるとおりです。けれども、お話を伺いましてどうしてもひっかかりました。いかに身なりを変えても旗本の奥方が子を連れて神田あたりの店に行くとなれば、目立ちます。ましてや当時はうなぎの蒲焼きもできていない頃で、母子で行きたくなるような店は少ない。もちろん、高い料理屋に行くわけもなかったはず。そのような母子が通える店となれば団子屋くらいがせいぜいです」

「あ、ああ……」

「ご老中さまはおっしゃいました。『月に一度』連れて行ってくれた、と。神田明神の縁日だったのではないでしょうか。このお団子屋さんはとても古いお店で、当時のことを覚えていてくださいました」

神田明神の縁日にまだ幼いわが子を連れて団子をおいしそうに食べる武家の奥方の姿を覚えてくれていたのだ。

忠広の息が荒い。

「そうか。そうであったのか。――亡き母の面影に、まさかこの年でこのような形で巡り会うことができようとは」

そう言っている忠広の目元がすでに涙ぐんでいる。

お佐江が広間の向こうに視線を送ると、新三郎たちが別の膳を持って入ってきた。

かすかに湯気を上げる湯飲みが団子の皿の横に置かれていく。

「まずはおのみになってください」

なかにはうっすらと白濁した湯のようなものが注がれていた。

みな、息を吹きかけてすするが、怪訝な面持ちになる。

「なんだ、これは」

「ほとんど味がしないではないか」

「米のとぎ汁でも飲ませたのか」

などと、席上の者たちが文句を言うなか、忠広だけが違う反応をしていた。

「お佐江どの、これは――」

すでに忠広の両目からどうしようもなく涙が流れている。

「はい。ご老中さまご所望の『この世でもっともうまい酒』です」

文句を言っていた者たちが、ぎょっとなる。

「これが？」

「ただの湯みたいなものではないか」

茶碗を大切に両手で持ちながら、忠広が首を横に振った。

「違う。そんなものではない」

「ご老中さま……？」と周りの者が眉をひそめる。

「わたしがかつて母にのませてもらった酒――お佐江どのの言うとおり、『この世でもっともうまい酒』だ」

弥之助が、余っている湯飲みを貞安に渡す。

貞安がにおいを確かめる。「かすかに酒のにおいはするが……？」

「ご老中さまのお話では、ご母堂さまが『内緒だよ』とこっそり一口だけのませてくれた、と。これもおかしいと思ったのです。いくらお忍びとはいえ、武家の奥方が元服まえの子供に外でお酒をのませるなんて。でも、ご母堂さまが行っていたのが団子屋だったとわかったときに、この疑問も解けました」

貞安が絞り出すように、お佐江に尋ねた。

「これは団子屋で売っている甘酒の、上澄みをさらに湯で割ったものだな」

お佐江がにっこりする。

「はい」

「なんと」と忠広が目を丸くした。「どうして――」

ここからは自分の考えにすぎないが、と前置きして、お佐江が続ける。

「団子屋には甘酒。ことに神田明神の甘酒は有名です。とはいえ、甘酒も薄いとは言え酒という字がある。子供にのませて酒呑みにさせてもいけない。でも、母親ののんでいた甘酒をほしそうにしていたわが子にちょっとでもおいしいものをあげたい。そこで猪口を借りて、湯でのばした上澄みだけを内緒でのませたのでしょう」

忠広は涙を流しながらも、肩を震わせた。

「はっはっは。母上がそんな心配をしていたとは。わしはいまではすっかり酒好きになってしまったというのに」

泣きながら笑い、湯飲みの薄い甘酒をあおった。

「『この世でもっともうまい酒』、ご堪能いただけましたでしょうか」

と、お佐江が両手をつく。

「他の者はいざ知らず、わしは満足した。ありがとう」

「畏れ入ります」

「食べ物や飲み物の思い出というのは､何年何十年たっても案外残るものなのだな」

忠広は湯飲みのなかのものをのみ干して周りの者たちに、「この勝負の裁定はわしに任せてもらっていいかな」と確認した。

他の者たちが「ご随意に」と頭を下げると、忠広は湯飲みを置いて背筋を伸ばす。

忠広はよく通る声で言った。

「双方、本日はたいへんご苦労であった。どちらの藩も腕によりをかけるとはこのことで、実に甲乙つけがたい膳。このまま公方さまにお出ししても、なんら恥じるところのないものであったと思う」

両藩の包丁人たちが深く頭を下げる。

忠広が続けた。

「加賀藩のもてなしはこれ以上望むべくもない贅をこらした膳、実にすばらしかった。しかし――多すぎた」

「……っ」

忠広の視線が加賀藩の膳に注がれている。どの膳も食べ残しがあった。最後のほうはほんの少ししか箸をつけていないものもある。

加賀藩の包丁人のひとりが言った。

「畏れながら、饗応の膳はこのように残されることもひとつのならわしかと」

忠広はうなずいた。「そのとおり。しかし、今日は式三献もない。ただ『もてなしの席を』とだけ課題を出したことも忘れないでほしかったところだな」

「……はい」と先ほどの包丁人が平伏した。

「波前藩の膳だが」と忠広が弥之助たちに目を向けた。「四つの膳に四季の心と大権現さまの大御心を込めた計らいは心憎いばかり。また本膳の飯が少なかったのは最後にとろろ飯を食べさせるためでもあったろうが、加賀藩の料理を食べているわしにはたいへん有り難かった。他の料理もやや少なめに用意してくれていたな?」

「はい」と弥之助。

「しかし、やはりもてなしの席の華やかさという意味では加賀藩の膳のほうが上であることは否めないところも、すでに気づいておろう」

「おっしゃるとおりにございます」

そこで忠広が言った。

「このように両藩ともよい点もあれば劣っている点もある。よってこの勝負、引き分けとする」

お佐江と弥之助が「よかった」と思わず表情を明るくして顔を見合った。

どちらの藩が勝っても禍根は残るだろう。

ならば、勝負がなかったことにできないか。

それが無理でも引き分けに持ち込んで、誰も恨まずそれぞれのおいしい料理を食べようではないか――。

これが、お佐江の考えた作戦だったのだ。

あとから料理を出せる後手番になれたのは幸運だった。加賀藩の膳の様子を見ながら、負けず劣らずのところを微妙に調整していけたからだ。

と、そこに腹の鳴る音がした。

弥之助がまえを向いたまま、小声で尋ねた。

「いまの、お佐江だな？」

「はい……」

お佐江、真っ赤になってうつむくばかりである。

そのやりとりが聞こえたのか、貞安が話しかけてきた。

「わが藩の料理はもうひとりぶん残っています。持ってきますので、波前藩の方々で味見をしていただけないでしょうか」先ほどまでの細目の薄い笑いが戻っている。

「その代わり、それがしにも波前藩の膳を食べさせていただきたい」

お佐江の腹に代わって、弥之助が深く一礼した。

両藩それぞれの料理を運び込み、互いに食べた。味について称賛し、調理法について意見を交わす。お佐江が望んでいた結末だった。

「さすが加賀藩の本膳料理だ」と弥之助が、お佐江を促す。

「はい。とてもおいしくて、勉強になります」と、お佐江があることを思い出す。「あ、あれを出さないと」

そう言って大広間から台所へ向かう。

温かく、香ばしいきなこのかおりがした。

「おお、これは」と忠広が刮目している。

持ってきたのは安倍川餅だった。

「これも大権現さまがお好きだった品です。勝負が終わったあとにみんなで甘い物をと思って用意しておきました」

濃いめに淹れた茶も用意されている。

忠広の目に再び涙がうっすらとにじんでいた。

「ご老中さま……？」

「わしの曾祖父は小さい頃に大権現さま御手ずから安倍川餅をいただいたことがあるそうだ。ふとその話を思い出してな」

貞安が目を細めて楽しげに安倍川餅を食べていた。

加賀藩の包丁人の何人かはむっつりとしていた。

波前藩め、本膳料理で戦わず、団子の甘酒と舌先三寸で戦うとは。膳の上の料理ですべてを語らぬ未熟者どもよ。そんな陰口をたたいている。

しかし、大木貞安が薄い笑いのまま一瞥すれば、どの男たちも口をつぐむしかなかった。

「貴様らは、馬鹿か」と貞安。

「は……？」

「先ほどの膳、もしあの団子と甘酒を加えて出されていたら、われらは負けていた」

「そんな……」

「それでもだめなら、この安倍川餅を出してきたかもしれない。料理はうまいかまずいかだけではない。人の心と思い出に穿ち入るものだと彼らは知っているのだ」

「…………」

「われらの面目を潰さぬため、彼らが勝ちを譲ってくれたことも気づかぬなら――貴様らは二度と包丁を持つな」

弥之助と貞安の目が合った。

「貞安どのの料理、今日は一段とすばらしかった」

という弥之助に、貞安は黙然と礼をすると、一言言った。

「次は、負けませぬ」

なんだか男同士で妙に張り詰めた空気になって、お佐江が困っていると、老中の明るい声がした。

「実にすばらしい包丁人に、それを支えるご新造。藩主の酒井重親どのがうらやましい」

と忠広が笑うと、弥之助は顔を真っ赤にした。

「畏れながら——もう我慢がなりません」

突然の弥之助の声に、広間の視線が集中する。

「何があったのだ?」

「わたしをすばらしい包丁人とお褒めいただくのは過分にございます。恥を忍んで申し上げますが、この荒木弥之助、先日くせ者に襲われ、満足に味を定められませぬ」

忠広や加賀藩の者たちが目をむいた。

「なんと。ではどうやってこのような膳を」

「同僚一同の助け。また何よりもわが妻・佐江の発案と味の定めによるもの。舌と鼻の力を失ったわたしですが、妻の味つけだけならわかるのです」

「なるほど……」

「ゆえに、わたしがお褒めいただくようなものは何もございません」

「藩主の酒井重親どのから、荒木どののご新造も『当家の包丁人にて候』と事前に話は聞いていたが……」

「今回、わたしひとりでは百万石の加賀藩を相手にどう戦えばいいかわからなかった。けれども、佐江は江戸の町の本屋で最近巷に出はじめた料理指南の本を買い求め、これはと思ったものを試作し、今日の膳に生かしてくれたのです。わたしに寄せられるべき称賛は、どうぞ、佐江に——」

　忠広や貞安らの視線が、お佐江に集中する。

　お佐江は狼狽した。

「ち、違います。あたしはただ、おいしいものが好きで、おいしいものを作るのが好きなだけ。弥之助さまのほうがご立派なのです」

「何を言っている。お佐江のほうが」

「これは譲れません。弥之助さまこそ」

忠広が大笑した。

「はっはっは。ふたりとも、こんなところでけんかして江戸の華を咲かすでない」

「は、はい」と、お佐江と弥之助が真っ赤になる。

「おぬしらふたりの勝負こそ『なし』じゃ。波前藩の夫婦包丁としてこれからも精進するように」

広間の者たちが再び笑い、お佐江と弥之助は「はっ」と真っ赤になって平伏している。

ふと、忠広がほろ苦い笑みを浮かべて、お佐江を見た。

「このあと、久しぶりに母の墓参りでもしようかな」

「とてもよいことだと思います」

と、お佐江の目に涙がにじむのだった。

波前藩の夫婦包丁の評判が諸藩の江戸屋敷に広まっていく一方で、そんな評判への嫉妬の蛇が舌をちろちろと出しはじめていた。

一匹、二匹とふたりを取り囲みつつあることに、お佐江たちはまだ気づいていない。

第四章　江戸そぞろ食べ歩き

一

先日の老中へのおもてなし対決以来、お佐江と弥之助の評判が広めるともなしに広まっていった。

そもそも、加賀百万石という大藩に、蟷螂の斧の如く小藩が戦いを挑むという構図は、江戸っ子たちが好むものだった。俗に判官びいきなどという言葉もあるが、弱者が強者に果敢に挑みかかる姿に――その意地や美学に、彼らは拍手喝采するのだ。

居酒屋では波前藩の夫婦包丁が話題になった。

波前藩の者だとわかれば、弥之助たちと親しくなくとも飯屋や酒屋では、よい酒を誰かが必ずおごってくれた。

「ははは。御台所頭のおかげで、いい目が見られる」

と、宗兵衛が笑っている。夕べも仕事のあとになじみの酒屋に行って、五合ほども酒をおごられたという。

宗兵衛は酒が好きなのだ。

「やめてくださいよ。みっともない」

と、お佐江が魚をさばきながら眉をひそめている。

活きのいいはまちだった。

「そう言ったって、お佐江ちゃん。その魚だっていままでよりいいのを納めてもらっているではないか」

「そりゃあ、そうですけど……。これはお殿さまのぶんのお魚だからよいのです」

「そういうことにしておいてやるよ。ところで、お佐江ちゃん。あんたのところの弥之助さまはどうした」

お佐江の手が止まった。

「なんだかお客さまが来ているみたいです」

「お客さま？」

「どこかの藩の方らしいのですけど、弥之助さまの話が聞きたい、と」

夏の暑さをものともせず、お佐江は額の汗をふきながら包丁を動かしている。

お佐江の言うとおり、弥之助は妙に忙しくなっていた。

中小の藩の若者が、波前藩を訪ねてくるようになったのだ。

包丁人ならばいい。料理の話をすればいいのだから。

ところが、何を思ったか昨今の情勢や学問について質問をしてくる者が何人もいるのだ。

「まいった」と弥之助が台所に来た。「加賀藩と料理比べをしただけで、聖人君子のように祭り上げられては堪らない」

すっかり夕飯どきになっている。

「ほとんど料理はできました。御台所頭さま」

お佐江は冷たい目をした。

「そう言うな。好きでやっているわけではない」

「だったら断ればよいのです」

「そうもいかない。これも藩のためだ」

弥之助は今日の料理の味と膳の盛り付けを手早く確認していく。

お佐江が最後に、汁にひとつまみの塩を加えた。味見をして、うなずく。「どうでしょう」と、お佐江が弥之助に見てもらう。

「うまい。最後の塩がよかったようだ」

「はい」と、お佐江が笑顔になった。

包丁さばきでは弥之助が上だが、舌の繊細さでは相変わらず、お佐江が上である。しかも、お佐江の作ったものしか弥之助にはしかとわからないというのも、変わっていない。

「料理は食べてもらう人の笑顔を想い続ける気持ちが大事だが、それを形にする技量をおろそかにしてはいけない。だがそれはかなりのところまで教えられる。わたしには」と弥之助は今日の膳を見て首を横に振った。「次から次へと新しい料理を思いつけるのは、いったいどういう頭をしているのかと、お佐江が不思議でならぬ」

「特に立派なものはありません」

と、お佐江が少しはにかんだが、「諸藩の者たちも、お佐江の頭のなかを覗いてみたいと感心しきりだったぞ」と弥之助が言うと、お佐江は不機嫌そうに後ろを向いてしまった。

お佐江は女中仲間のお琴たちと藩主・酒井重親たちの膳を持っていく……。

「お佐江のやつ、いったいなんだというのだ」

「御台所頭」と宗兵衛が苦笑した。「明日は久しぶりにおふたりでおやすみでしたね」

「ああ」

「何かしたいこととか、決めているんですか」

「いや、特には……」

「ご新造孝行だと思って、明日はいろいろうまいものでも食べに行ったらどうですか」

「………」

「あの様子では、そのうち〝ぼんっ〟と噴火しますよ」

「噴火……」

解せぬ、という顔の弥之助に、新三郎がしたり顔で、

「御台所頭はここのところ、お佐江どのに包丁さばきを教えていない。その代わり、どこの誰とも知らぬ武士と口角泡を飛ばしているとなれば、やきもちも焼くでしょうよ」

「何をばかな。むしろこのようにすることで波前藩の生き様や意見が江戸に知れ渡り、もしかすれば殿さまだって幕閣の一員に招聘（しょうへい）されるやもしれぬ」

「そんなことだと、お佐江どのに捨てられてしまいますよ」

「独り身の新三郎が大きな口を叩くではないか」

「そりゃあ……。こう見えても俺は吉原(よしわら)ではちったぁ持てるほうなんですぜ」

と新三郎が江戸弁めいた言葉で言い返した。

「吉原？　そんなところに出入りしていたのか」

「おっと口が滑った」

宗兵衛が、新三郎の頭をはたいて黙らせる。

「話がずれましたが、御台所頭。明日はそうなさい。そんな気遣いができないと、わたしみたいに何もしてやれないうちに、妻に置いていかれてしまいますよ」

弥之助は口をつぐんだ。

宗兵衛は三年前に妻を病で亡くしているのである。

辺りがにわかに暗くなってきた。

向こうのほうから雷鳴が近づいてくる。

二

翌日、お佐江と弥之助は久しぶりに江戸の町歩きをしていた。

「こうして外を歩くの、なんだか久しぶりな気がします」

と、お佐江が晴れやかな顔をしている。

弥之助が、お佐江と夏空を見比べながら眼を細めた。

「夕べの雷雨で大川は少し濁っているようだが、今日も暑くなりそうだ」

「今日はどこへ行きましょうか」

「どこへなりとも」

あの老中おもてなしのあと、お佐江に羽を伸ばしてもらう暇もなかったのは事実なのだ。

お佐江はちょっと考えて、夫に告白した。

「実は俊姫さまから、先日のおもてなし対決のあとにご褒美をいただいたのです」

俊姫からちょっとした小遣い代わりとしてもらったものだ。五両という大金である。あまりの額に、もらったことを言いそびれていた。いまもなんとなく額は口にできないでいる。

「よかったではないか」

「これをどのようにしようかと」

それこそ山内一豊の妻なら黙って貯めておくところなのだろうが……。

「お佐江自身のために使えばいい」と弥之助はからりと答えた。「お佐江はそのくらいの仕事はしてくれた」

「ほんとですか」

うなずいて、弥之助が提案する。

「着物なり帯なりを新調してみてはどうか。俊姫さまが贔屓にしている呉服屋が日本橋のほうにあったよな」

ところが、お佐江は立ち止まってしまった。

「………」

「どうした？」

お佐江がもじもじしている。

「あのぉ。――ふたりでおいしいものを食べに行きたいです」

まるで子供のようだ。弥之助はあきれ顔になった。

陽射しがまぶしい。

「お佐江ももう人の妻なのだから、多少は身なりにこだわってもよいのではないか」

「色気より食い気で悪うございましたね」

ほんとうのことを言うと、お佐江は呉服屋に行きたくなかった。

四歳で生家だった呉服屋を火事で失っている。

おぼろげな記憶だが、それだけに心の奥にこびりついていた。

弥之助にも詳しくは話せない。

話すだけでも怖いから……。

その弥之助は腕を組んで思案顔をしている。

「武士たるもの、妻とともにいろいろな店で食べ物を口にするというのも……」

「ではこう考えたらどうでしょうか。弥之助さまは新入りの包丁人を連れて料理修行の一環として、江戸市中のおいしいものの味を確かめに歩くのだ、と」

弥之助は、お佐江をじっくりと見つめた。

「……そんなふうに言って俊姫さまとあちこち食べ歩いているのか？」

「ふふ。秘密でございます」

お佐江がわざとらしくごまかす。

とにかく、そういうことになった。


江戸は広い。

広いが、狭い。

もともと、富士山の火山灰などでできた地層で、貧しい土地だったのを家康が開き、埋め立て、広げていった。

そこに百万人もの人が暮らしている。

参勤交代によって全国の文化の交流もあった。

となれば、人の多さに応えるようにいろいろな商売が始まる。

衣と食である。

将軍家や大名たちから激しい肉体労働をする人々まで、さまざまな背景を持った人間が生きるのだから、衣も食も同じものだけを提供するわけにはいかない。

むしろ、衣食の選択幅の広さこそが、江戸という町の豊かさの象徴でもあった。

お佐江はそんな江戸の人々の食べるものが大好きなのだ。

浅草寺にお参りしたあと、お佐江は弥之助とともに食べ物屋を巡りはじめた。

そば、寿司、団子、汁粉(しるこ)――。

眺めているだけでも楽しくなってくる。

食べれば、もっと楽しくなる。

いままで女中仲間のお琴たちや、藩士などのちょっとした評判や噂話で心に留めておいた店を、お佐江は弥之助とともに嬉々として食べ歩いた。

「お佐江、よく入るな」

「え。も、申し訳ございません……」

「いや。わたしは相変わらず味が定まらぬ。お佐江がどのくらいうれしそうな顔をするかで、うまいかどうか見ている」

「は、恥ずかしいです……」

お佐江、顔が熱くなってうつむく。

周りの客がくすくす笑っていた。

お佐江は「そんなに笑わないでくださいよ」と周りの客と言葉を交わしている。

どこでも同じような光景が繰り広げられた。

お佐江は、次々と食べてはその味についてぶつぶつつぶやいている。これはきっとたまり醬油をうまく使っている。でもそれだけではこくが足りないから、煮干しを使っているのではないか。みたらし団子はただ甘いだけではなく、香ばしさこそ命なのだな。そういえばさっきのそばの香りを何かの料理に生かすことはできないだろうか。云々。

「相変わらずすばらしい舌だ。その意気だ」と弥之助がいつもの険しい顔のまま励ます。

「申し訳ございません」

「謝ることはない」

「いえ……食べるのが好きなだけです」

「好きこそものの上手なれ、というやつだ」と、弥之助は汁粉をすすった。

お佐江もならう。甘みと小豆のかすかな渋み、添えられた塩が、濃厚な甘さを醸し出す。けれども、餅と一緒にすすればさらりと胃の腑に収まるのだから不思議だった。

「お汁粉はこの塩があるのがよいのですよね」と、お佐江。

「ああ」と弥之助はうなずいたが、汁粉とは別のことを話した。そういえば、このまえ水戸藩と話をしたが有意義だった。幕閣の話も聞かせてもらえた。これからはそちらでの仕事で殿の役に立つ道もあるかもしれぬ……。

「そちらでの仕事？」

と、お佐江が汁粉の餅を食べて尋ねる。

「江戸城に登城、とか……」

弥之助がそんなことを言うと、お佐江は苦笑した。

「弥之助さまが、お城にですか。ぴんときません」

「……案外ひどいことを言う」

「ひどいのはどちらですか」

「え……?」

お佐江は汁粉をきれいに平らげると、「ごちそうさまでした」と声をかけた。

「へい。お粗末さまで」

「とてもおいしかったです」

お佐江が満面の笑みでそう言うと、隣で同じ汁粉を食べていた中年の女が話しかけてきた。

「そりゃあそうさ。ここのお汁粉は絶品だもの。わたしなんざ十日に一度は食べたくなっちまう」

「ええ。ほんとうにおいしかった。あたしだったら三日に一度は食べたい」

「おやおや」と女が目を丸くして、店主に声を投げかける。「べっぴんさんのいいお客さんができたじゃないか」

店主がにこにこと腰を折って、器を下げに来た。

「ありがとうございます。またよろしくお願いします」

「また来ますね」

お佐江が手を振ると店主も女も手を振り返した。

汁粉を食べ終わったふたりは江戸の市中をぶらぶらと歩いている。

と、お佐江は川端に出ている小さな辻売りに目をつけた。

「次はあれにしましょう」

「あれって」と弥之助が閉口した。「あれでいいのか」

もうもうと立つ煙のそこを指さしながら、

「あれがいいのです」

と、お佐江が弥之助を引っぱっていく。

それはうなぎ屋だった。

うなぎ屋と言っても、近頃流行の蒲焼きを出すところではない。蒲焼きができるまえからずっと売られていた、うなぎを丸のまま筒状にぶつ切りにして焼き、たまり醬油をぬっただけのものである。

蒲焼きと区別するために蒲の穂焼きなどと呼ぶ者もいるそうだ。

このうなぎのぶつ切り焼き、脂がおびただしい。

そもそも江戸前のうなぎの蒲焼きは、蒸しを入れて余分な脂を落とすことで大流行となったのだ。

ただし、蒲の穂焼きと比べれば値が張る。

そのため、激しい労働にもかかわらず安い銭しか手にできない男たちなどは、こちらしか口にしない。

現にいまも、数人の男たちが串に刺さったうなぎのぶつ切りに、ふうふう言いながら歯を立てている。

弥之助が顔をしかめているあいだに、お佐江はさっさとうなぎの辻売りに声をかけた。

「おじさん。ふたつくださいい。なるべく大きいやつ」

「へい」

近づくだけで煙が身体にまとわりつき、においが移るようだ。

うなぎを食べていた男のひとりが声をかけてくる。

「なんだい、お嬢さん、ひとりでこんなもの食うのかい」

「お嬢さんだなんて。あたし、これでもりっぱな人妻ですよ」

と、お佐江が胸を張って後ろの弥之助を指す。男たちがぎょっとなった。

「こりゃあ、お武家さまのご新造さまで」

「とんだご無礼を」

妙に平身低頭する男たちもいれば、そうではない者もいる。

「いやいや、別にそんな卑屈になるもんじゃねえ。ここは俺たちみたいな男の辻売りだ。勝手に入ってきたのはそっちの二本差しのほうだろ」

弥之助がどうしたものかと思っているあいだに、うなぎが焼けた。

「おじさん、ありがとう」

と、お佐江が受け取る。脂が文字どおりしたたっていた。弥之助が息を吹きかけているあいだに、お佐江がかぶりつき、舌を焼く。

男たちが笑った。

「せっかちなご新造さまだなぁ」

お佐江はあらためて、ふうふうやってからうなぎを食べる。濃厚な脂が口のなかを満たした。たまり醬油のしょっぱさなど跳ね返してしまうほどの脂だ。多少癖があって食べにくい。弥之助は目を白黒させているようだ。

けれども、こういうところでしか味わえない野趣めいたものがあった。お佐江にはそれがいい。

「うん。おいしい」

男たちが再び笑う。

「これがうまいってか」

「なかなか肚ができてるじゃねえか」

「あたし、お腹は出ていませんよ」

わいわいやっていると、隣の辻売りからも声がかかる。こっちもうまいよ。いや、こっちだって負けちゃいねえ。そんな声が一段落すると、どこそこの野菜が安いとか、いい魚なら誰それ、けれども珍しい魚を持ってきてくれるのは誰々などと、いろいろな話が集まってくる。

「それなら、今度はそこで菜っ葉をもらってみようかしら」

「そうしてくれよ。権八(ごんぱち)から聞いたって言えば、もしかしたらおまけしてくれるかもしれねえよ」

「ありがとう」

お佐江が手を振っている。

男たちのひとりが弥之助たちを舐めるように見やって、「ひょっとしてあんたら、あの波前藩の夫婦包丁ってやつかい」

弥之助は驚いた。

「そんなふうに呼ばれることもある。無論、自分でそうと名乗ったわけではないが……」

男は答えるまえに他の連中に言いふらし、また周りが騒がしくなった。

「おお。加賀百万石をぎゃふんと言わせた夫婦包丁さまかい」

「いいねえ。江戸っ子はこうでなくっちゃ」

「お武家さまは江戸っ子じゃねえだろ」

「いいんだよ、なんだって」

と賑やかになっていく。

「あのぉ。加賀藩をぎゃふんと言わせたのではないのですけど……」

「そうだった、そうだった。まあ、細けえこたぁどうでもいいや。ほれ、うなぎもう一本食いなよ。おごりだ」

「ありがとう」

お佐江が嬉々と、弥之助が複雑な表情で、二本目のうなぎを食べる。弥之助がさっき声をかけてきた男に質問した。

「それほどまでに、われらは噂か」

「噂も何も、俺は波前藩の包丁人と知り合いでよ。宗兵衛ってお侍さんなんだが」

「宗兵衛さんとお知り合いだったのですか」

と、お佐江がうなぎを慌ててのみ込む。

「ああ。この近くに小さな飯屋があるんだけど、そこで宗兵衛さんとよく会うんだ」

「そうなんですか」

と、お佐江が目を輝かせてうなずく。

二本目を片づけた弥之助が指先のうなぎの脂を舐めとりながら、

「お佐江の周りには、なぜかいつも人が集まってくるな」

「そうでしょうか」お佐江が首を傾げる。

「みなと同じものをおいしそうに食べる姿に、人が集まり、話が広がる。それは得がたいことだ」

「はあ。あたしはいつもどおりに振る舞っているだけなのですが……。あ、弥之助さま。このあとは――」

「次は宗兵衛のなじみだという飯屋に行ってみたいのだろ？」と弥之助が言うと、
お佐江は「はい」と、いい返事をした。

三

宗兵衛のなじみだという飯屋は深川(ふかがわ)のほうにあった。

深川は海に面していて浅蜊がよく獲れる。

佃島の人々が佃煮を作ったように、深川の人々は醬油や味噌で浅蜊を煮て、ねぎを散らし、それを飯にかけて食べるようになった。いわゆる浅蜊飯（深川飯）である。

教えてもらった飯屋では、その浅蜊飯をぶっかけ飯と称して出していた。

それ以外には何も出さぬ。

店は、年増女がひとりでやっている。名を、お民(たみ)というそうだ。

お民の作るぶっかけ飯が非常な評判で、一日中客足が途絶えることがないのだという。

そんなことをうなぎの辻売りのところにいた男から、お佐江たちは聞いていた。

店のまえで弥之助は腕を組んだ。

「想像していたよりもきれいな店構えだな」

「それはそうでしょう。汚い店だとなんだか入りにくいですもの」

「なるほど」

なかから威勢のいい年増女の声がしていた。食べ終わった客が出ていく。お佐江たちが入ると、ちょうど客が途切れたところだったようで、店は誰もいなかった。

「ちょうど誰もいなくなったところでしたね。いいですか？」

「もちろん。好きなところに座ってください」

色白でふっくらとした頬の女が愛想よく答えた。

彼女が、お民らしい。

「ほう」と弥之助が唸った。「宗兵衛どのが好きそうなおかみだ」

ぶっかけ飯がふたつ、すぐにやってきた。

いただきます、と手を合わせて飯をかき込むと、お佐江は目を丸くした。

「おいしい」

濃いめにした味噌汁に大きな浅蜊が惜しげもなくたっぷり入れられている。

ぷりぷりとした浅蜊は歯ごたえも味もよい。

貝特有のかすかな苦みが濃い味噌汁とよく合っている。

そこへ丁寧に細く切られたねぎを山盛り。

ねぎと味噌の香りだけでも、よだれがあふれてくるようだ。

しゃきしゃきしたねぎの歯ごたえが、汁を吸っていくうちにやわらかくなるのもおもしろい。

味噌と浅蜊とねぎを飯とともに口のなかにかき込めば、思わず箸が止まらなくなる。

一心にかき込み、思い出したようにやっと息をする。

息をつけば、味噌とだしとねぎの香りが鼻のなかを満たす。

その香りにまた箸が動き出す。

この繰り返しだった。

「ううむ。この浅蜊、丁寧に砂を吐かせてやわらかく煮るだけでも大したものだ」

と弥之助が感心する。

「ご飯が味噌汁のなかでさらりとほどけてとても食べやすい。さらさらしているのに、ご飯も浅蜊もねぎもそれぞれが手をつないだように口のなかにずっと続くのがたまらない」

お佐江が頬を押さえてうっとりしている。

宗兵衛は、お民だけを目当てでこの店に来ていたわけではないようだった。

「ありがとうね。べっぴんのご新造さまにそんなこと言われたら、励みになります」

「佐江は嘘を言っているわけではない。なかなか作れるものではないと思います」

と弥之助も言うと、お民は大きく息をついて水を飲んだ。

「ちょいとごめんなさいよ。朝からずっと動きっぱなしだったんでね。——ここは死んだ亭主とふたりでやってたんですよ」

お民が額に手をやった。

「お疲れのようだ。大丈夫ですか」

「ふふ。若いお武家さまにみっともないところを見せちゃったねぇ」

お佐江たちが食べているあいだに、数人の客が入り、出ていく。

「ほんとうにひっきりなしだな」

そのときだった。

「邪魔するぜ」

と聞き慣れた声が入ってくるではないか。

「あら、いらっしゃい。宗兵衛さん」

「宗兵衛さん？」

と、お佐江が言うと、入ってきた宗兵衛はぎょっとなって立ち止まった。

「げ。お佐江ちゃんに御台所頭」

踵を返そうとした宗兵衛だったが、お民がすでに声をかけている。

「宗兵衛さん、帰ろうだなんてどうしたんだい」

「あ、いや。なんというか、上役がいてな」

「上役」と、お民が、お佐江たちを見る。「あ。このおふたりが宗兵衛さんの上役の方だったんですか。ということは、例の夫婦――」

言いかけて、お民がぐらりとなった。

「おい、お民さん」

と宗兵衛が駆け寄ろうとする。

お民がなんとか身体を支え、笑った。だが、その笑顔が力ない。

「宗兵衛さんがびっくりするもんだから、あたしまで驚いちゃったよ」

そう言うや、お民の身体が再びぐらりと揺れた。ぶっかけ飯が落ちる。

「お民さん!?」

宗兵衛が慌てて駆け寄り、倒れそうになったお民の身体を間一髪で支えた。

お佐江と弥之助も、席を立った。

「ひどい熱」

と、お佐江がお民の額に手を当てて言った。

「この辺りに医者は？」と弥之助。

「あいにく知っているところは……」

弥之助はお民を両腕で抱き上げた。

「ならば少し遠いが幕府が作った小石川養生所（こいしかわようじょうしょ）まで運ぶほかないだろう。宗兵衛どのも手伝ってくれ」

「はい」

そう言って弥之助と宗兵衛は、飯屋から飛び出した。

お佐江は留守番で残っている。


小石川養生所は、八代将軍徳川吉宗（よしむね）が人々の声を政治に生かそうと設置した目安箱から生まれた、誰もが受けられる医療所だった。

この時代、医者にかかるというのはたいへんな金を必要とした。

そこで貧しい人々にも医術の手を差し伸べたいと在野の医者が目安箱を通して建白し、実現したのだった。

養生所の診断では、お民は過労による発熱とのことだったが、こじらせてはいけないと治るまでは養生所で休むことになってしまった。

「そりゃ、だめですよ、お医者さま。あたしは仕事があるんで。帰ります」

と、お民は起き上がろうとするが、弥之助がそれを止めた。

「それこそだめだ、お民どの。仕事も、命あっての物種だぞ」

「御台所頭の言うとおりだ。お民さん、まずはゆっくり寝て身体を治すことだ」

養生所を出たふたりは、足早にお民の飯屋へ向かっていた。お佐江がひとりで待っているからだ。

「お民どの、早くよくなるといいな」

「ええ。……ところで御台所頭はどうして今日あの飯屋に？」

「あの飯屋の常連らしい男が教えてくれた。宗兵衛どのもよく顔を出していると聞いてな」

しばらく歩いて、宗兵衛がぽつりとつぶやいた。

「あの飯屋にはお民さんの死んだ亭主の頃から顔を出してましてね。死んだ亭主は俺と同い年でした。ふたりには息子もいたんですけどね。その亭主と一緒に流行病で数年前にあっけなく……」

「……宗兵衛どののご新造が亡くなった頃か」

宗兵衛は小さく笑っている。

「だからどうしたというわけでもないんですけど、お民さんのことが気になりましてね」

「惚れているのか？」

と弥之助が率直に尋ねると、宗兵衛は年上らしくにやりと笑ってごまかした。

「さあ、どうでしょうかね。惚れた腫れたの年でもなくなりましたし。けど」

「うん？」

「あそこのぶっかけ飯は、うまいでしょ？」

「ああ」

飯屋に戻った頃にはすっかり夕暮れになっていた。

灯りが見える。お佐江だ。近づいて弥之助たちは驚いた。

人のざわめきが店から聞こえるのだ。

「おおい、お佐江ちゃん。ぶっかけ飯、おかわり」

「はーい」

「はいはい。今日一日お疲れさま」

お佐江が飯屋でくるくると立ち回っているところへ、弥之助たちが戻ってきた。

「これは、いったい」

「いらっしゃ——あ、弥之助さま。お帰りなさいませ」

飯屋では仕事を終えた男たちがぶっかけ飯をかき込んでいる。

「お佐江ちゃん、何をしていたんだい」と宗兵衛もあきれていた。

「留守を守っていろと言われたので、お民さんの代わりにお店を守っていました」

弥之助たちがあきれている横を、飯を食い終わった男たちが出ていく。

「ごちそうさん」

「お民さん、早くよくなるといいな」

「お佐江ちゃんの作る飯もうまいけどな」

ほどなくして、お佐江はのれんを下げた。飯も汁もなくなってしまったからだ。

閉めた店のなかで弥之助と宗兵衛が相変わらずあきれ果てていた。あきれ顔ではあるが、ふたりとも、お佐江の洗い物を手伝っている。

「お佐江、なぜ店の切り盛りをしていたのだ」

お佐江は洗い物の手を休めずに当然とばかりに答えた。

「こういう小さなお店はいくら病気でもなかなか休めないんです。一日休んだらそのぶん、材料も無駄になって買い直さないといけないし、売上も減るし」

「それはそうだろうが、だからといっておぬしが飯屋の仕事をしなくても……」

「他に誰がいるって言うんですか。——あ、弥之助さま、そこ汚れが残っています」

「お佐江。いやしくもおぬしは武家の嫁だぞ。——ほら、これでもうきれいだろ」

「ありがとうございます。——弥之助さまだって、昼間、ここのぶっかけ飯をおいしいって召し上がっていたではないですか」

「………」

「あたしもここのぶっかけ飯がおいしくて大好きになりました。だから、お民さんが戻ってきたときのために、あたしがお店を守ろうと思ったのです」

「お民どのは具合がよくなるまで何日か養生所にいることになった。そのあいだはどうするつもりだ」

「あたしが代わりにお店を切り盛りします。ぶっかけ飯の作り方はわかりましたから」

夕方のぶんは、お佐江が作ったぶっかけ飯だった。

お佐江はまだまだ弥之助には遠く及ばぬ包丁さばきだが、このくらいの店で料理を出せるくらいには包丁を使えるようになっている。

お佐江と弥之助のやりとりに、宗兵衛は何か言いたそうにしたものの、何も言えないで小さく洟をすすっている。

「わかった」と弥之助はうなずいた。「俊姫さまには、わたしから数日、お佐江の暇をもらっておく」

「ありがとうございます」

と、お佐江の顔が輝いた。

「まったく、おぬしという女は食べ物のことになると——いや、違うな」

「え？」

「なんでもない。——わたしはよい女を嫁にもらったということだ」

まったくですよ、と宗兵衛がうなずいている。

お佐江は弥之助の言葉の意味はよくわからなかったが、どこかくすぐったい気持ちになった。

四

それからしばらく、お民の飯屋は〝お佐江の飯屋〟となった。

最初の三日間、お佐江の店は大繁盛だった。常連客にとって、お民がいなくなったのは心配だった――お佐江をお民の又従姉妹ということにした――が、変わらず店を回してくれているのは有り難い話だったようだ。

加えて、お佐江のぶっかけ飯の味がいい。

「こうなりゃ、お民さんが帰ってくるまで、ぶっかけ飯を食べに行くことで俺たちなりに飯屋を支えよう」

と客が声をかけ合い、通い続けてくれたのである。

忙しいときには、お琴や宗兵衛が少し手伝ってくれることもあったが、お佐江はほとんどひとりで店を回していた。

しかし、江戸屋敷の台所仕事や女中仕事と、なれない飯屋の切り盛りではやはり勝手が違ったらしい。

三日目の夜、お佐江は倒れた。

「……あれ？　弥之助さま？」

お佐江は自分を覗き込んでいる弥之助の顔に驚いた。

「目を覚ましてくれたか」

弥之助がどす黒い顔をしている。ひどく心労しているような顔だ。

「あたし、どうして……」

「江戸屋敷から迎えに来たら、飯屋の洗い場で倒れていたのだ」

驚いた弥之助が、とにもかくにもと飯屋の畳に寝かせたのだった。

「ああ、そうでした……。のれんを下ろしたところまでは覚えているんですけど」

「熱もある。無理がたたったのだろう」

「そうですか」と、お佐江が力なく答えた。「今夜はここで寝ていっていいですか」

「何？」

「ただ疲れただけですから一晩寝れば治ります。けど、長屋まで帰る力がありません」

それに、明日の朝も準備がある。

「なぜそこまで」

「一度引き受けたことです。お民さんが戻ってくるまでは。それが〝江戸っ子〟ってもんですよね」

「おぬしは武家の妻だ」

「生まれは町人です。へへ」

お民が戻ってくるのにはあと二日ほどはかかるという。

「お佐江」

「波前藩の者としても、途中で投げ出したとあっては評判が悪いでしょう？」

「………」

お民は二階で生活していたらしく、上に布団などがあった。お佐江の足元がふらつくので、弥之助が二階から布団を下ろしてくる。

お佐江が布団にくるまると、弥之助は横に座り込んで唇を噛んだ。

熱に浮かされながら、お佐江が夫を見上げている。

弥之助の目が潤んだ。

「お佐江。この三日間、上屋敷での仕事はさんざんだった」

「え？」

「わたしは相変わらず舌の感覚がぼやけている。他の者もがんばってくれたが、お佐江がいなければ自信を持って味噌汁の味を決められないのがわたしなのだ」

「そんな……」

「いつも大きな顔をしていたが、今度という今度はおぬしの有り難みが身に沁みた。お願いだ。もう帰ってきてくれ」

お佐江は胸が苦しくなった。熱のせいで頭が回らない。だから、微笑んだ。

「大丈夫ですよ。弥之助さまはできる方です。父祖伝来の包丁人の血が流れているのですから」

そのとき、お佐江の腹が鳴った。

弥之助が頭をかいて——笑った。

祝言をあげてこのかた——そのまえを含めても——お佐江が初めて見る弥之助の笑みだった。

「腹が減ったか」

「一日中、働き詰めでしたから。お粥、食べたいです」

そう言って、お佐江は眠りに落ちた。

弥之助は呆然と妻の寝顔を見ていた。それから自分の右手を見る。

かすかに震えていた。

自分ひとりで「うまい粥」が作れるだろうか——。

「わたしは——」

お佐江の額に、震える右手を置いた。熱い。火のように熱い。

三日間、お佐江は、この小さな身体で不慣れな飯屋仕事をひとりでこなしてきた。

お佐江の才は知っている。包丁の腕も精進を積んでいる。並みの男たち以上だ。

しかし、お民と同じぶっかけ飯とはならなかっただろう。

あるところはお民のぶっかけ飯よりうまく、べつのところはいまひとつだったかもしれない。肝心のお民が伏せっているのだから、火入れの加減や味つけなどを聞く相手もいなかったからだ。

それでも、お佐江はやってのけた。

完璧ではなかったかもしれない。

しかし、よりよい〝ぶっかけ飯〟を作ろうと努力した姿に、客はむしろ、お佐江に協力してくれたのだ。

「わたしは——波前藩御台所頭・荒木弥之助」弥之助は乱暴に涙を拭った。「いや、そのまえに、お佐江の夫だ」

弥之助は台所に立った。

甘い粥のにおいに、お佐江は目を覚ました。

疲労した弥之助が悔しげにしている。

「お佐江」

「弥之助さま。お粥、ですか……？」

弥之助が鍋から粥をよそった。

「情けない話だが、うまいかどうか自信がない。ただの粥のはずなのに、二度焦がした。いまも少し色がついてしまった」

「………」

「塩はちゃんと溶けていると思うが、わからない。精がつくようにと卵は入れてみた」

お佐江は上体を起こした。弥之助の作った粥を、お佐江が受け取る。匙を使って、ひとくち。塩の小さな塊がたしかにあった。けれども、お佐江は言った。

「おいしゅうございます」

弥之助が涙をこぼしていた。

「誰かにおいしいと言ってもらう。なんとうれしいことか。それがわが妻なら、なおさら――。そんなかんたんなことも忘れて、やれ他藩がどうの、やれ幕閣がどうのと騒いでいた自分がまことに恥ずかしい。お佐江。すまなかったな」

お佐江は粥を口に運びながら、「大袈裟ですよ」と微笑む。

粥をしっかり食べ、お佐江はぐっすり寝た。その夜は弥之助も飯屋に泊まった。おかげで安心しきったのか、ほんとうに一晩で、お佐江の熱は下がってしまった。

お佐江が朝の支度を始めようとすると、弥之助も手伝いはじめた。「今日と明日、休みをもらった」とのことだった。

すっかり元気になって、お佐江がにこやかな表情を見せる。

「ふふ。なんだかこういうのも、いいですね」

「何がだ?」

「ほんとにお店をやっているみたいで」

「そういう夢もあるのか」

「お客さんにも何度か聞かれました。ふふ。ないとは言いませんけど、波前藩のみなさんが大好きですから」

朝の仕込みのときに、弥之助は汁をいくらか別の鍋に取っていた。

やがて、客がやってくる。

「お。今日も、お佐江ちゃんかい」

「はい。いらっしゃいませ」

「で、その隣の旦那は……」

「あたしの夫です」

客たちの目が丸くなる。「ええっ。お佐江ちゃん、ほんとにお武家のご新造さんだったのかい」

「そう言ったじゃないですか」

「けど、ほら」と客たちが目配せし合う。

「なんですか」

「どう見ても色気より食い気って感じだからさ」

弥之助が声高く笑った。

お佐江は今度こそびっくりしたけれど、一緒になって笑ってしまった。

今日も客の入りがよい。

日が高くなって暑くなると、弥之助がわけておいた汁を持ってきた。

「これは朝から日陰に置き、井戸水に浮かべて冷やしておいた。この暑い盛り、熱いぶっかけ飯だけではと思ってな」

あえて冷えた飯に、この冷たくなった浅蜊汁をかける。

お佐江が試しにひとくち食べてみた。

「弥之助さま、これ、すごくおいしいです」と、お佐江が目を見張る。

冷たくすると味が鈍る。そのため、いつもよりさらに濃いめに作っているから、はたして材料代などがまかなえるかは、またあらためて考えないといけない。

小さな店では、贅をこらすわけにはいかないのだ。

「針生姜を散らしたり、さっぱりと梅干しを一緒に出してもいいだろう」

お佐江は冷たいぶっかけ飯を食べながら、弥之助の才覚にあらためて感動していた。

「弥之助さま、すばらしいです。あと、茗荷を千切りにしてもおいしいかもしれません。大葉とかも」

「よいだろう」

材料のやりくりを考えたうえで、さっそく冷やしぶっかけ飯も店に並ぶようになったのは言うまでもない。

こうして二日がたち、お民が無事に戻ってきたのだった。

五

お民は飯屋に戻ってくるや、養生所から付き添ってくれた宗兵衛に文句を言った。

「宗兵衛さん、あんたのところの夫婦包丁はひどいよ」

「何かしたかい」

と宗兵衛が困惑している。

「どうにもこうにも、冷やしぶっかけ飯なんてうまいものを作られたんじゃ、あたしゃ百歳まで飯屋をやんなきゃいけないじゃないかい」

お民が軽口を叩くと、さっそく店にいた客たちが手をたたいた。

「お民さんなら百歳なんてかんたんだ」

「そんときはお民婆さんって呼んでやらあ」

「いま〝お民婆さん〟なんて言ったのは誰だい!?　料金倍もらうよ！」

飯屋が沸く。

お佐江が心底安心した気持ちで、「すっかりお元気になってよかったです」と、お民に話しかけると、お民は深々と頭を下げた。

「お礼よりも先に文句が口をついちまってごめんなさいな。どうも江戸者ってのは口が悪くていけないね」

「ふふふ」

「熱いほうも冷たいほうも、いろいろ細かな改善の意見をもらえてうれしかったよ。ほんとに百歳までやるつもりだから、この辺に来たときはいつでも顔を出してくださいね」

「たいへんなお仕事ですから、無理は禁物ですよ」

お佐江が途中で倒れたことは黙っていた。

今日も暑い。

蟬の声が雨だったらうれしいのにと思うくらいだった。

宗兵衛は先に江戸屋敷に帰り、お佐江も弥之助とともに飯屋を出たときである。

飯屋から少し行ったところで、「もし」と商人ふうの恰幅のいい男に声をかけられた。

「はい」

と、お佐江が振り返ると、男はにこやかに腰を深く折った。

「不躾なことで申し訳ございません。わたし、駒込で料理屋をやっています長次郎と申します。わたしもこの飯屋の常連でして」

「この数日でも、何度かお顔を拝見したような」

お佐江がそう言うと、長次郎はにこにこと笑った。

「覚えていただいておりましたとは、有り難いことです。ご新造さまの料理の腕前、実にすばらしい」

「ありがとうございます」と、お佐江は無邪気にお礼を言う。

けれども、急に話がややこしい方向へ入っていった。

「失礼ながら、最近はお武家さま方でもさまざまな仕事をされて、ご自身の家計や藩を支えることも珍しくないと聞きます」

お佐江が弥之助を振り返る。

「そういうこともあると聞く」と弥之助。

聞くも何も、波前藩のような小さな藩だと、国許で手仕事をしている武士たちも多い。

長次郎が続けた。

「そこでいかがでしょうか。ご新造さまに、ぜひとも手前どもの料理屋にてその腕を存分に振るっていただけませんでしょうか」

お佐江と弥之助は顔を見合う。

この長次郎の誘いがお佐江たちに波風を起こそうとしていた。

ふたりが長次郎の誘いを受けた少しあとに、藩主・酒井重親も少々困った事態に引き込まれていたのである……。

第五章　豆腐料理の心と握り飯

一

波前藩の江戸上屋敷の台所は、空気が張り詰めていた。

みな、いつもと変わらない仕事をしているが、どこかよそよそしい。

「……やりにくくないですか」と河上新三郎が年かさの池田宗兵衛に尋ねる。

「黙って包丁を動かせ」

新三郎が口をへの字にして茄子を切った。

ふたりとも波前藩の包丁人である。彼らだけではなく、台所の包丁人全員が押し黙っていた。包丁と鍋の音だけが響く。しばらくして新三郎がまた嘆いた。

「宗兵衛さん、なんとかなりませんか」

「なんともならぬ」と宗兵衛が苦い顔をしている。「まったく。犬も食わないとは、よく言ったものだ」

お佐江がむっつりと黙ったまま、ものすごい速さで大根を千切りにしている。

最近、できるようになった。

お佐江に背を向けるようにして、夫である御台所頭・荒木弥之助が鍋の火具合を黙然と見ている。

いつもなんやかんやと賑やかなふたりだが、いまは逆に何も口をきかない。

ふたりは夫婦げんかの真っ最中だった。

事の始めは、例のお民の飯屋から帰るときの、駒込の料亭「長八」の店主・長次郎から声をかけられたところにあった。

お佐江を見込んだ長次郎があれやこれやと褒めそやし、数日後にはなんだか知らないうちに、お佐江は「長八」に招待されておいしいものをたらふく食べ、これまたなんだか知らないうちに調理場の見学などをさせてもらった。

「大きな料理屋さんの調理場と言っても、包丁人は少ないのですね」

調理場にはひとりしか包丁人がいない。

いつもなら長次郎も包丁を握っているのだ。

「はい。しかしそのぶん、これはという包丁人だけを雇っています」

と長次郎が言うと、作業をしていた包丁人が軽く頭を下げた。

「なるほど」と、お佐江が感心している。

「腕には自信があります。加賀藩で昔、包丁を握っていたという方からも、ご評価いただいていますし」

「そうでしょうね。さっきのお料理、どれもおいしかったです」

「ここなら思う存分、やりたいことができますよ」

「そうでしょうねぇ……」

お佐江、勧められるままに調理場に足を踏み入れた。

動きやすく、使いやすい。

「ここに、お佐江どのが来ていただければ、この『長八』も安泰というもので」

「ふふ。そのようなご冗談を」

お佐江が働くことを前提にしたような話しぶりにいささか不安を覚えたが、ここで包丁を振るう自分を想像すると、少しよい心持ちがした。

長屋に帰ってみれば、弥之助の機嫌が悪くなっていたのである。

夕べの膳のあと、お佐江と弥之助は藩主・酒井重親に呼び出された。

怒られるのだろうかと、お佐江は思った。弥之助はむっつりしたままだし、嫌なことは続くものだ……。

相変わらず目を合わそうとしない弥之助とともに、重親のところへ向かった。

「殿、お呼びでしょうか」

と弥之助が言うと、重親は手招きして、お佐江たちをもっと近くへと呼び寄せる。

重親の傍らにはいつものように俊姫がいた。苦笑いを浮かべている。

重親が開口一番言った。

「今夜の膳は、まずかった」

お佐江はその場に倒れそうになった。まずい。おいしくなかった。殿さまからそう言われるとこんなにも心が苦しくなるとは思わなかった。

弥之助を見ると、両手をついたまま真っ青な顔をしている。

お佐江は重親の言葉の打撃に耐えながら、頭を動かしはじめた。料理の仕方はいつもどおりだったはずだ。材料に傷んでいたものもない。味見だっていつもどおりにきちんとしたつもりだ。では、何が……。

日がほとんど落ちているのに、蜩が鳴いている。

重い部屋のなかで、茶を口にした俊姫が口を開いた。

「殿。その言い方だけではあんまりです。火の通り具合も、味のつけ方も、いつもと変わっていないのですから」

「ふむ。そうであったな」と重親が生真面目にうなずいている。「けれども、まずかった」

　お佐江は咳払いして、

「いつもどおりの味だったのに、まずかったと……」

　重親がまえに上体を傾け、にやりとした。

「おぬしら、けんかをしているだろう」

「……っ」

　お佐江はびくりとした。だが、弥之助を見はしない。

「そのようなことは」

　と弥之助が硬い声で短く言った。

「ほんとうか？」と重親が苦笑している。「われらはいつもおぬしらの作る飯を食べている。言うなれば家族も同然。料理の味を見れば微妙な気持ちの行き違いなど、すぐにわかるのだぞ」

「……わたしはいつもどおりです」

「あ、あたしもいつもどおりです」

　重親はため息をついた。

「まあ、いい。こればかりは外のものがとやかく言ってもどうしようもないからな」

「まったくです」と俊姫が目を細める。「わが殿さまの口の軽さも、どうしようもないことですから」

　お佐江がきょとんとなると、重親が苦い顔で俊姫をなだめるようにする。

「先ほどから謝っているではないか」

　俊姫がじとりと睨む。

「まったく、殿はいったい何に舞い上がっていたのやら」

「面目ない……」

　とうとう気になって、お佐江が口を挟んだ。

「あのぉ。お殿さま、何かあったのですか」

　弥之助が舌打ちをしたが、言ってしまったものは仕方がない。お佐江も怒られるかと思って首を引っ込め気味にした。それよりも舌打ちというのはひどくないだろうか……。

　しばらくして重親がばつの悪そうな顔をして、頭をかきだした。

「先日の老中おもてなし膳のあとに、加賀藩のほうといろいろ話す機会があってな」

「存じています」

と答えたのは弥之助だ。彼自身、加賀藩の藩士たちとずいぶん知己を得た。不思議なことに、加賀藩御膳方・大木貞安とはまだあれ以来会っていないのだが。

「それで、まあ、なんというか、加賀藩とわが藩で互いにもてなし合おうという話が出てきたのだ」

「そのような気配の話は伺っていました。いよいよ本決まりになったのですね」

「う、うむ……」重親が煮え切らない。俊姫が重親のももをつねった。「痛いではないかっ」

「はっきりなさいませ」

「………」

「殿」

重親が渋々といった感じで話を続ける。

「先日、登城の折に、老中おもてなし膳の出来事が話題になったのだ。それで少し、ほんの少しばかり話を広げすぎてな」

「はあ」

「加賀藩とわが藩で、四人いる老中全員をおもてなしすることになった」

「なるほどで……えっ⁉」

お佐江はそのまま納得しかけて、素っ頓狂な声をあげた。

「四人のご老中さまたちすべてを、もてなす……」

弥之助が目を伏せている。

俊姫が、お佐江に説明してくれた。

「老中というのは知ってのとおり、幕閣の中心であり、公方さまに次ぐ地位にあります。現在、四人。先日、おもてなし膳を差し上げた松平摂津守忠広さまのように、われらのような外様大名に寛大なお方もいれば、木村備前守保正(きむらびぜんのかみやすまさ)さまのように外様大名を毛嫌いしているお方もいます」

「木村備前守さまは、外様大名を毛嫌いどころか、憎んでいるのではないかと思われるほどだな」

と重親がつけ加えた。

「要するに、最初から『外様の出すものなど食えるか』という態度の方ももてなさなければいけないのです」

「…………」

お佐江にも事の重大さがわかってきた。

「加賀藩の方々は老中たちと穏便につかず離れずでやっていこうとされていたのを、うちの殿さまが話を盛ってしまったばっかりに」

と俊姫が嘆いている。

「盛ったわけではない。江戸のあらゆる珍味佳肴よりも、わが藩の膳に勝るものなしと言っただけではないか」

「わが藩の夫婦包丁がそれだけすばらしいという意味でおっしゃったのはわかります。けれども、備前守さまのようにそれを挑戦と受け取る方もいる」

重親が嘆息した。「政治というのはむつかしいものよ」

「殿っ」と俊姫が叱責した。

「冗談だ。江戸っ子ふうのしゃれというやつだ」

「波前藩藩主が江戸っ子も何もありませぬ」

「うむ……」

お佐江が口を挟む。「あのぉ。ご老中さまたちのおもてなしは、いつ……?」

重親が咳払いをした。

「うむ。まず三日後にわが藩は加賀藩にもてなしてもらう。そこから七日、加賀藩と打ち合わせと試作を重ね、要するに十日後に老中たち全員を加賀藩江戸上屋敷にてもてなす」

すると、弥之助がらしくないことを言った。

「加賀藩にすべてを任せてしまってはいけないのですか」

これにはさすがに重親の目つきが変わった。

「ふむ……？」

「……いえ。申し訳ございませんでした」

お佐江が横ではらはらしているのに、弥之助は気づかない。

俊姫が、お佐江を気遣わしげに見つめていた。

三日後、約束どおり、波前藩の面々は加賀藩に招かれて饗応料理を堪能した。

けれども、お佐江はそこにいなかった。風邪がぶり返した、と寝込んでいたのだ。

お佐江は前日の夜の味見も冴えないでいた。

二

波前藩が加賀藩に招かれた翌日の昼過ぎ頃、お佐江の長屋に来客があった。

「どちらさまでしょうか」と出てみて、お佐江は仰天した。「と、俊姫さま」

そこには夏の空にすっきりと立つ花菖蒲のような俊姫がいたのだ。

「ふふ。思ったよりも元気そうですね」

「ど、どうしてこのようなところへ」

「ちょっと外の風に当たりに来たついでに」

お佐江がばたばたと座布団などを用意するのを尻目に、俊姫はすたすたと居間へ入っていく。ちょうど長屋にいた舅の荒木清兵衛が慌てふためき、奥へ引っ込んだ。

「何にもないところで申し訳ございません」

「あら。そういうことなら謝るのはわたくしのほうですよ。何しろ、お佐江たちの俸給は殿とわたくしが出しているのですから」

「も、申し訳ございません……」

お佐江、小さくなるばかりである。

静かに茶を口にした俊姫が、ふっと微笑んだ。

「まだ夫婦げんかは続いているの?」

「けんかなんて大仰なことは、何も……」

「けれども、心にひっかかっていることはあるのでしょ?」

「………」

「だからこのまえも味見が振るわなくて、昨日は風邪がぶり返したことにした」

「それは――」

と、お佐江は反論しようとして、言葉に詰まった。

俊姫が、お佐江の背をなでた。

「いったい何があったの?」

お佐江は「――あたしにもわからないんです」と答えた。

「しょうのない娘ね」俊姫が小さく笑ったときだった。

ごめん、という低い男の声が玄関からした。

波前藩の誰かが俊姫を呼び戻しにでも来たのだろうかと、お佐江が玄関に行ってみると長身ながらすらりとした糸目の男が立っていた。

加賀藩御膳方・大木貞安がいたのである。

お佐江はぎょっとなったが、貞安はいつもの狐目の笑みをはりつけたままだった。

「ご新造さまのお見舞いにとお伺いしたのですが、お加減はいかがですか」

「は、はい……」

「昨日の饗応料理の席に、ご新造さまがご不在。聞いてみれば、熱を出されたとのことでしたので」

「一晩寝てすっかり元気になりました」

困った。他藩の男とこのような形で対することになろうとは思ってもみなかった。玄関先でいいのか、中に入れるべきか。しかし、自分と俊姫のいるところへ他藩の男を入れるのは——。

お佐江が考え惑っていると、貞安は手にしていた風呂敷包みを上がりかまちに置いた。なかは重箱だった。

「饗応料理と同じものを詰めてきました。ただ、熱ならば重たいかと考えて、食べやすいものも下の重には入れてあります。男であるそれがしが作りましたので、お口に合えばよいのですが」

「え。どうして」

貞安のほうこそ、どうしてと言わんばかりの表情になった。

「今度の老中四人おもてなしの儀、ご新造さまが味を定めに来られるのでしょう？」

「…………」

「であれば、昨日、荒木どのが召し上がったものと同じものを食べて、作戦を練っていただかねばなりません。それに風邪には精のつくものがいちばんですから」

相変わらず狐のような微笑みを浮かべた貞安の物言いだったが、お佐江のいまの心には沁みた。

「も……申し訳、ございません――」

それきり、お佐江は突然泣き出した。

お佐江の泣き声に、俊姫が飛び出してきた。

「ご新造さま!?」

「お佐江、どうしたの」

「俊姫さま……っ」

飛び出してきた俊姫が波前藩の藩主正室だと知ると、貞安は土間に膝をついた。

「ご正室さまがこのようなところにいらっしゃるとは……」

「波前藩は小さな藩ですからみな家族のようなもの。ことに、お佐江はわたくしにとっては妹のような娘ですから」

そのあいだも、お佐江は子供のように泣いている。

「それがしはこれにて失礼したほうがよいように思うのですが」

と、貞安が困っている。

「もう用は済んだのですか」と俊姫。

「お見舞いの品を渡せればそれでよかったのですが」と貞安が言葉を切って少しためらったのちに、言った。「もしご新造さまが満足に台所に立てないようであれば、わが藩がもてなしの大勢を仕切ることもできるのですが、いかがなされますか」

お佐江はちょっと泣きやんだ。涙を両手でしきりに拭いながら考える。普段なら一も二もなくそのような申し出は断ってしまうのが、お佐江である。

しかし、いまは違っていた。

「——そうしていただいたほうが、いいかもしれません」

お佐江がそのように言い終わるか言い終わらないかのときだ。

「お佐江ッ」

という大声とともに、弥之助が長屋の玄関に飛び込んできた。弥之助が、貞安を見て、たたらを踏む。

「弥之助さま!?」と、お佐江が声をあげ、弥之助は「大木どの!?」と驚いていた。

貞安はただ目を白黒させている。

こういうときはさすが藩主の正室である。俊姫だけは落ち着いている。

「弥之助、どうしました?」

「いえ。父が上屋敷の台所に来まして、俊姫さまがお見えになったとのことだったので、何かあったかと様子を見に来たのですが――」

「お佐江の泣き声が聞こえて驚いた、と」

「はい。――それに、どうして大木どのが?」

弥之助がちらりと貞安を見れば、貞安は薄い笑いを浮かべて、重箱を示した。

「昨日いらっしゃらなかったご新造さまにお見舞いの品を持ってきただけだ」

「ああ。左様でしたか。お気遣い、かたじけなく存じます」

向こうを、蜻蛉（とんぼ）がさらりさらりと飛んでいく。

「それで荒木どの。今度のおもてなしのことですが――」

と、貞安がたったいま、お佐江に話していた内容を告げると、弥之助の眉がつり上がった。

「ご老中さま方をおもてなしするに、加賀藩にほとんど仕切ってもらうなど、波前藩の名折れ。そのようなことになったら、わたしは腹を切る」

お佐江は目を見張った。

「弥之助さまも、このまえはそんなことを言っていたのに」

「あ、あれは魔が差しただけだ」

「…………」

貞安が当惑しきった表情で、お佐江たちを見ている。

さや、と涼しい風が頬をなでた。行く雲は秋の訪れを示している。

「お佐江」と弥之助が呼びかけた。「それともおぬし、ほんとうに『長八』という料理屋で働きたいと思っているのか」

俊姫と貞安が眉をひそめた。俊姫たちは口々に、お佐江たちにほんとうかと尋ねる。

「そんなこと」と、お佐江は首を横に振った。「ただ、そこの長次郎という人に声をかけられて、お料理をいただいたり、台所を見せてもらったりしたくらいで」

「先方はなんと？」と俊姫。

「なんとも。ただ、いつでも来てくださいって。まるでもう話が決まったみたいな言い方で、怖くて……」

「それを弥之助に相談したのですか」

「いいえ。それからずっと不機嫌になっていて」

結果、夫婦げんか――膳の味にそれとわかるほどに出てしまうくらい――のありさまになってしまったというわけだった。

俊姫が背筋を伸ばした。

「弥之助」

「はい」

「他藩の方のまえですが、あえて言います。――やきもちはたいがいになさい」

「…………」

お佐江が不思議そうに俊姫と弥之助を見比べる。

「あの――」

「弥之助は、お佐江がその料理屋に取られると思って拗ねていたんですよ」

「え？」

お佐江が見つめると、弥之助が真っ赤になる。

「――そうだ。お佐江がわたしのもとから離れていってしまいそうで、嫌だったのだ」

「弥之助さま……」

「けれども、わたしは自分のわがままのためにおぬしが料理屋に行くのを惜しんだわけではない。殿や俊姫さまにおいしいものをお出しし、日々の活力と笑顔のもととしていただきたいからこそ、お佐江にはいてほしい」

「はい」

と、お佐江は素直にうなずいたが、少し黙って弥之助は首を横に振った。

「違うな。そんなきれいごとだけではない」

「弥之助さま……？」

「お佐江なしでは、わたしは何もできない。お佐江の舌なしでは、誰にも料理を出せないだろう。けれども、いくら小藩とはいえ波前藩をおぬしの舌に支えさせるのはあまりにも重荷」

「…………」

「だから、お佐江が外へ行きたいというなら、止めてはならないのかもしれない」

「弥之助さま……」

お佐江がじっと弥之助の言葉に聞き入っている。

それまで柳のように黙って聞いていた貞安が、髭のない顎をなでた。

「その『長八』という料理屋。いささか覚えがあります」

「ご亭主の長次郎さんも加賀藩の名前を出していましたので、今日のところは失礼することといたしましょう」

「ふむ。……さて、いずれにしてもお見舞いの用は済んだと思われます。今日のところは失礼することといたしましょう」と貞安が足早に出ていった。

　長身ながら細身の貞安が角を曲がって消えていくと、お佐江は急に不安になった。

「あのぉ。他藩の大木さまに、これまでの話を聞かれてよかったのでしょうか」

「あまりよろしくはない」と、弥之助があっさり答える。「けれども、お佐江が波前藩の台所にいてくれるかどうか——いや、わたしの隣にいてくれるかどうかのほうがよほど問題だった」

　俊姫が不意に笑い出した。

「うふふ。お佐江のことがそれほどに大切なら、他藩はいざ知らず、わが藩は男子なればこそ妻子に心配をかけないように話すべきは話し、恃(たの)むべきは恃むというのが、殿のお考えです。だいたい、家で本音で語って恥をかけない人間が、公で自分の小さな己がかわいさを捨てられるものですか」

　さすが藩の国母たる藩主の正室。並みの武士よりもよほどに肚ができている。

「は……」と弥之助は平伏した。

「長八」のほうはどうなったかといえば、これも話はすぐに動いていった。

その日の夕方、仕込みの慌ただしくなる少しまえに、波前藩江戸上屋敷に長次郎本人がやってきたのである。小脇に大きな手桶を持っていた。

「御台所頭・荒木弥之助さま。お佐江さま。こたびはこの長次郎がいろいろと早合点いたしまして、とんだご迷惑をおかけしました」

長次郎は人が変わったように何度も何度も頭を下げた。

「長次郎さん。あたしは——」

「はい。てっきりご新造さまがどこかで料理の腕を生かしたいとお考えになっていると思っていましたもので。——こちら、なんにもございませんが、せめてものお詫びとして」

と言って、長次郎は持ってきた手桶から立派な鯛を取り出した。

「なんて見事な鯛でしょう」

「みなさまでお召し上がりください」

弥之助が怪訝な表情を隠そうとしない。

「佐江がそのように考えていると、どうして思っていたのか」

「少しまえからそのような噂を耳にしていたのです」

「噂？　佐江が料理屋で働きたがっている、と？」

「だいたいそのようなものです」

今度は、お佐江が眉をひそめる番だった。

「どうしてそんな噂が……」

お佐江にじっと見つめられた長次郎はばつが悪そうに頭をかきながら、

「ここだけの話にしておいてください。わたしたちも客商売。お客さまからの話をべらべらと話すのは褒められたことじゃありませんので。……実はその噂、さる大藩のほうから流れてきたのでございます」

お佐江と弥之助は顔を見合った。

「大藩……。加賀藩か？」

「それは荒木さまのご想像のままに……」

弥之助はため息をついた。お佐江としては、妙な噂とそれに伴う誤解がなくなってくれればそれでいい。

長次郎の去り際に、弥之助がもうひとつ尋ねた。

「長次郎どのが急にそのように謝りに来たのも加賀藩の男のせいか？」

「……先ほども申しましたようにべらべらしゃべらぬのが商売人でございますので」

それだけ言うと、長次郎は丁寧に頭を下げて去っていった。

「弥之助さま……？」

「お佐江をあの料理屋に紹介した加賀藩の者、というのは、大木どのではないだろうか」

「え？」

「わたしが切腹するとまで言ったら——本心ではあったのだが——慌てて長次郎どのに事情を説明しに行ったのかもしれぬ」

「そんな……。だって、お見舞いを持ってきてくれたんですよ？」

「腹が黒くても、よい飯を作る人間もいる」

お佐江は口をへの字にした。

老中四人をおもてなしするまで、日数はあとわずかである。

三

　その翌日。加賀藩との打ち合わせに、お佐江も初めて同席した。

「お見舞い、ありがとうございました」と、お佐江は笑顔を添えて貞安に重箱を返す。「おかえしといってはなんですが、里芋の煮物や豆とこんにゃく、ひじきの炊き合わせなどを作って入れました」

「それはそれは。お元気になられて何よりです」と貞安が薄く笑っていた。

「…………」

　お佐江がじっと見ていると貞安が怪訝な顔になる。

「どうかなされましたか」

「あ。いえ」

　貞安は受け取った重箱を後ろの部下へ渡した。

　こうして観察してみると、貞安の態度は、昨日の弥之助の言葉のとおりのようにも見える。お佐江はなんだか頭が痛くなる思いだった。

　自分はおいしい料理を作りたいだけなのに……。

そんなことを考えていると、打ち合わせもどこか上の空になってしまう。

「お佐江」

と弥之助が低く言った。

「はい」

「ぼうっとしていたぞ。加賀藩の方々に失礼だ」

いまは飯についてどうするかを話し合っていた。せっかくだから両藩の米を混ぜてみてはどうか。ただ少し米の味が違うので、試してみる必要がある。比率はどうしようか。そんな議論をしていたはずだ。聞いていなかったわけではない。

「そんなつもりは」

と反論しようとすると、弥之助が押し殺した声で「お佐江」と叱責した。

お佐江は小さく一礼する。

男世界の暗黙の了解なのかなんなのか知らないが、こちらの意見も聞かずに頭ごなしに言うこともないだろう。そんなに言うなら今度こそ「長八」に行ってしまおうか。

お佐江、昨日までのいらいらがまだ残っている。

加賀藩との打ち合わせを終えて江戸屋敷に戻ると、女中仲間のお琴が血相を変えて待っていた。

「お佐江ちゃんっ」

「どうしたの？」と、お佐江がやや雑に聞き返すと、お琴がとんでもないことを言った。

老中・松平忠広が、お佐江と弥之助を訪ねてきているというのだ。

広間――と言っても、加賀藩江戸上屋敷のそれと比べればただの部屋にしか見えないかもしれない――で、藩主・酒井重親と正室・俊姫が忠広と談笑していた。

お佐江と弥之助が広間に入ると、重親がにこやかに、

「おお、弥之助、お佐江。戻ったか。実はご老中さまがおぬしら夫婦包丁に頼みがあるそうだ」

と、忠広を促す。

「実はわしの娘のお勢（せい）が今度嫁ぐことになってな」

お佐江は笑顔になり、弥之助が目を見開いた。

「それは、おめでとうございます」

「ありがとう。それで料理をひとつ作ってやってほしいのだ」

お佐江たちは顔を見合って、忠広に聞き直す。

「あたしたちがお料理を、ですか」

「祝言のまえに、娘と妻とわしだけの内々で食事をしたいと思うのだが、そこでいくつか、料理を出してほしい。引き受けてもらえようか」

お佐江たちが答えるまえに、重親が「もちろんです」と答えている。いいのかしら、と、お佐江が目を丸くしていると、「承ります」と俊姫がにこやかにつけ加えた。

俊姫が言うなら間違いないだろう。

忠広の要求は明後日。つまり、老中たちをおもてなしする三日前。忠広の娘のお勢が昔から好きだった豆腐を使ったもの、と指定をすると忠広は帰っていった。

「それでは早速、御料理方みなで考えましょう」

と弥之助が言うと、俊姫がとどめる。

「弥之助。今回は、お佐江とふたり、夫婦包丁だけで作るように」

「え？」

「ふたりが来るまえに、ご老中さまからそのようにご要望があったのです」

「……かしこまりました」

四人の老中のもてなしに加えて、忠広の娘の祝い膳となればかなりの重責である。

しばらく、お佐江と弥之助は普段の料理からは外れることになった。

宗兵衛たちに事情を説明して仕事を任せると、お佐江と弥之助は台所の隅に立った。

「…………」

「…………」

なんとなく、ぎこちない。

「とにかく、考えてみよう。いま豆腐はいくつある？」

「見てきます」

しばらくして、お佐江が戻ってきた。

「五丁はあります」

「屋敷で使うぶんは引いたのか？」

「あ……」お佐江の顔が熱くなった。慌てて宗兵衛に確認する。「ぜんぶ使うそうです」

弥之助がやれやれとばかりにため息をつき、

「それではないではないか」

「はい。すみません」

「だったら、少し買ってきてくれ」

「どのくらい……？」

「とりあえず三丁ほど」

お佐江が小走りに台所を出ていく。

「あんなのでうまくいくのだろうか」

と新三郎が肩をすくめている。

「黙って包丁を動かせ」と宗兵衛。

「はっ。……でも気にならないのですか？」

「気にしたって仕方がない」宗兵衛は鯖の頭を落としながら、「夫婦の問題だからな」

お佐江が息を切らせて戻ってきた。

「三丁、買ってきました」

「それと、あれはあるか」

と弥之助が両手の人差し指で何か四角い形を描いている。

「あれ……」

「あれだよ。おぬしがよく読んでいる」

「読んでいる……？」

弥之助が少しいらいらしたような声になる。

「料理に関する本だ。豆腐料理について何かないか」

お佐江が跳び上がるようにして、

「はい。ただいま」と奥に引っ込んだ。

宗兵衛が三枚に開いた鯖の中骨をぶつぶつとたたき切っている。

料理本を受け取った弥之助がぱらぱらとめくりはじめた。

「作りたいものはあるか」

食べたいものを言おうとして、お佐江は思いとどまった。

弥之助は、「老中の娘の祝いの席で何を作りたいか」と聞いているのだと思ったからだ。

「菊花豆腐とかどうでしょう。めでたい感じが出ます」

お佐江が作りはじめた。

「わたしはこちらだ」

と弥之助が水を切った豆腐をすり鉢で崩す。

豆腐料理がひとつふたつとできていく。

「ふふ」と新三郎がくすくすしている。

「なんだ。気持ちの悪い」と宗兵衛。

「いえね。なんだかんだであのふたり、見てくださいよ」

お佐江と弥之助、ふたりがそれぞれに手を動かしている。

しばらくは言葉も少なく、互いの息もあまり合っていなかった。それがいまはどうだ。「あれ」「これ」と言い合うだけで塩を渡したり、味見をしたり、何十年も連れ添った夫婦のように立ち回っているではないか。

「だから言ったんだ。放っておけって。けんかするほど仲がいいってな」

「そうは言っても気になりませんか」

「俺たち周りがとやかく言わなくてはいけない類いの夫婦げんかではなかったということさ。ほれ、そちらの鍋のあくを早く取れ」

お佐江と弥之助は、都合五品ほど、まずは豆腐料理を作ってみた。

そこには、黄色い菊の花のような菊花豆腐や桜の塩漬けを使った桜豆腐などがあった。

いずれも華やかで婚礼の祝い膳にはふさわしいだろう。

「こんなものだろうか」と弥之助が出来映えを確かめていると、お佐江が呼ばれた。

「お佐江ちゃん」と、お琴が血相を変えて飛んできたのだ。

「どうしたの？」

「いいから、早く。早く」

目を大きく見開いて手招きをしている。

何事かと不審に思いながらも、お琴に連れられていく。

重親の間に行くと、重親と俊姫がいて、さらに別の女性がいた。よい着物を着ている。姿勢もきれいだし、よいところの方なのだろう……。

「お呼びでしょうか」

と、お佐江が頭を下げると、来客の女性がこちらに向き直り、丁寧に挨拶した。

「勢と申します。このたびは父がわたくしの婚礼に際し、お料理の依頼をしたと伺っています」

「わたくしの婚礼……あ、もしかして」

「老中・摂津守さまのご息女だ」と重親。

お佐江は「これは。その、どうも」と何度も頭を下げた。

それにしても、父親といい娘といい、気軽に忍んでくるものだ。

「このたびは、ご婚礼、まことにおめでとうございます――」

と、お佐江が祝福を述べると、重親と俊姫が頭を抱えた。

「実はわたくし――この縁談に納得がいかないのです」

お勢がとんでもない発言をしたのである。

四

翌日。神田明神そばの団子屋で、お佐江と弥之助は団子を食べている。

この団子屋は、老中・松平摂津守忠広が小さい頃に母親に連れられてきた例の団子屋だった。

お佐江、上機嫌で団子を食べている。

弥之助はちびりちびりと団子をかじっていた。

「要するに、お勢どのはこの縁談が気にくわない」

「はい」

「さりとて、嫁に行きたくないわけではない」

「そのようです」

「ただ、ご老中さまから頭ごなしに言われたようで気にくわない、と」

お佐江が団子をきれいに食べ切る。

「お勢さまのお話だと、そうですね」

弥之助はため息をついた。

「武家の娘というのはそういうものではないのか」

この時代、武家に生まれて自分で選んだ相手のところへ嫁げることのほうが珍しい。親同士が婚姻を決めてしまい、互いに顔を見るのは祝言当日というのが普通だ。むしろ庶民のほうが、好きな相手や幼なじみの初恋の相手と添い遂げられるかもしれない。

お勢はそれに文句があるのだという。

「何かしら気持ちの行き違いがあったのでしょう」

お佐江が二本目に取りかかる。

「元気になったな。お佐江」

「お勢さまとおしゃべりをしたからでしょうか」

昨日、あのあと夕食の準備も忘れてふたりはずっとおしゃべりをしていた。

おかげで、弥之助とけんかしてささくれた気分もどこかへ吹っ飛んでしまった。

「なんだ、それは」

「ご老中さま、ああ見えて家ではほとんどしゃべらないお方だそうです。半月ぶりにしゃべったと思ったら、『お勢、嫁に行け』……。それで、お勢さまは傷ついてしまったのかもしれません」

「ふむ……」

「それで。今日はご老中さまを尾行しようということになったのです」

弥之助が眉間に深くしわを寄せた。「なぜそんなことを」

お佐江はけろりとした顔で説明する。

「結局のところ、お勢さま、話を聞いてみれば父とはいえ、ご老中さまのことをあまりご存じではないようなのです」

「それはそうだろう。老中の仕事なぞ、わたしだってよくわからぬ」

「だから、今日一日こっそりあとをつけて、ご老中さまを理解しようと」

言わずもがなだが、その場に重親と俊姫は同席している。重親はともかく、俊姫は笑いながら「いい考えです」と支持してくれた。

「なんでわたしが一緒に……」

「お城とか、女のあたしでは入れない場所もあるではありませんか」

「男でも気軽に登城などできぬわ」

そのときだった。「お待たせしました」と興奮気味の若い娘の声がした。お勢だった。そばに老僕をひとり連れている。名は佐平(さへい)だという。

「お勢さま。お団子いかがですか」

「え、あ、はい」

お勢、急に団子を勧められてどぎまぎしている。

「このお団子、ご老中さまが小さい頃に亡くなったご生母さまに連れられて食べたものだそうですよ」

すると、お勢は団子をまじまじと見つめた。

「あ、それは……頂戴します」

お勢がゆっくりと団子を味わい、お佐江と弥之助は先日の老中おもてなし膳のあれこれを話した。

「父が大変ご迷惑をおかけいたしました」

「とんでもないことでございます。ご老中さまにはほんとうによくしていただいていますから」

その老中・松平忠広だが、今日は早くから登城しているという。

「さっそくなかには入れませんね」

と、お佐江が額に手をやると、「昼前には一度城を出るとか。あと、今日は帰りが遅くなるとも聞いています」と、お勢が教えてくれた。

老中とは幕閣の中枢を担う者たちである。通常、江戸城の本丸御殿にある御用部屋を詰め所とし、執務していた。

「外に出るご用があるのですか」と、お佐江。

「今月は老中の意見をとりまとめる月番だからではないでしょうか」

「それはそうと、江戸城の大手門まえでずっと立っているわけにもいかないだろう」

と弥之助が言うと、お勢がみなを案内した。

大手門からは少し離れるが、忠広がよく使う神田橋にほど近い三河町（現・内神田）の豊島屋に入っていく。

三河町は、家康麾下の三河武士たちが移り住んだことに由来する名であることから察せられるように、江戸でもっとも古い町並みのひとつである。そばには鎌倉河岸という地名があるが、これも江戸築城と開墾の際に鎌倉から建材を運んだのにちなんでいる。

そのような普請に関わる人々に酒を売っていたのが豊島屋だった。

桃の節句に白酒をのむ風習は、この豊島屋が仕掛けたものとされている。

すでに店とは話がついていたようで、お勢が一言二言告げると、店の主人が二階に案内してくれた。老僕の佐平は下に残り、大手門を窺うようだ。

「老中が下城するときには大手門から城郭諸門までの往来を止めるから、それとわかるはずだ」とのことだった。

障子を開ければ御堀が見え、風が吹き込んでくる。さすがに酒ではなく、茶が出た。

「どういうわけで、ご老中さまをつけてみようとなったのですか？」

あらためて弥之助が尋ねると、お勢が茶をひとくちすすって答える。

「嫁入りそのものは仕方がないと思っています。仕方がないと言っては失礼ですね。当然のことだと思っています。けれども――」

「けれども？」

「新しい家に入るまえにわたくしは知っておきたかったのです。父の仕事――老中とはどのようなものか、武士の仕事とはいかなるものなのか、と」

「左様でございましたか」

弥之助が茶をすすると、お勢も同じようにした。

「お佐江さま、いまさらですがこんなことをしてよかったのでしょうか」とお勢が不安げにする。

「あまり褒められたものではないかもしれませんが、お父上のことを知りたいという気持ちは大事だと思います」

「ありがとうございます」と、お勢が頭を下げたあと、こんなことを口にした。「お佐江さまだけではなく、俊姫さまにもほんとうによくしていただいて……」

「俊姫さまはすばらしいお方です。でも、あたしの場合は、生まれつきの武家の娘ではないからかもしれません」

お勢が目を丸くした。

「それは——？」

「日本橋の商家の生まれなのです。でも、その家が押し込みに襲われて家も焼かれて……」

「まあ」

「ほとんどみんな殺されたけど、あたしは運よく生き残れて、俊姫さまのご母堂さまの口利きで波前藩に引き取られ、働けるようになったら女中に……。だから、ふつうの武家の娘とは少し違うのだと思います」

「悲しいことを思い出させてしまいましたね」

「いいえ。そんなことは……。小さい頃から、食べ物がいただけるだけでも有り難いと心得て、とにかく一回一回のごはんを丁寧に大切に味わって食べていたのです。そのせいで、おのずから舌や鼻がきくようになったのだと思います」

「そのようなことが……」

「ふふ。いまではその舌と鼻で波前藩のみなさまにご恩返しをしていますから、わからないものです」

「佐江は、よくやっています」と弥之助が不意に口を挟んだ。「わたしは、佐江の生まれが武家ではないことで侮ったことは一度もありません。むしろ、こちらが教えられることばかり。佐江がいなければ、わたしはとっくに腹を切っていた」

お勢が目を細める。その顔が、老中・忠広によく似ていた。

「おふたりは赤い糸で結ばれていたのですね」

弥之助がむっつりと赤面している。

お佐江も気恥ずかしくなって下を見ていたが、佐平を見つけて「どうやらご老中さまが出てこられるみたいですね」と告げる。

老中はそれからいくつかの場所へ出かけた。寺社奉行の役宅、さらに町奉行所などの老中管轄の役職者たちのところへ駕籠を回し、それぞれのところでとどまっていた。

お佐江たちがあとを追っているのだが、気づかれてはいないようだった。

それよりも問題なのは、そのときどきで隠れる場所を探すことだったのだが、意外となんとかなった。お佐江が普段からいろいろな人と知り合っているのが功を奏したのだ。

「ごめんなさい、ちょっと二階を借りていいかしら」と、お佐江がにここと挨拶すれば、一も二もなく主人や女将さんたちがなかへ入れてくれるのだった。

いま立ち寄った料理屋など、「ほんのまかないだけど」と昼飯まで用意してくれた。

すでに日は西に傾きつつあるから、だいぶ遅い昼餉ではある。

温かい飯に味噌汁、それから蛸をゆでてぶつ切りにして胡麻で和えたもの、小魚の佃煮、それに茄子の漬物だった。

朝から動き詰めで、お佐江たちにはこれ以上ないごちそうだった。

「すごいのですね、お佐江さま」

と、お勢が称賛のまなざしを向けている。

「ここの女将さんがよい方で助かりました」

お佐江がにこにこと箸を取れば、弥之助が憎まれ口を叩いた。

「あまりおだてないでください。天狗になってはいけませんから」

「そんなことをおっしゃって」と、お勢。

お佐江は小さく弥之助を睨んだが、無視した。

「それにしても、ご老中さまというのはお忙しいのですね」

「わたくしも知りませんでした」と、お勢が箸を止めて難しい顔をする。「それがわかっただけでも今日お付き合いいただいた甲斐がありました」

「とんでもないことです」

弥之助は出されたまかないを食べながら唸っている。

「この蛸は、実によい歯ごたえだ。そのうえ、思いのほか胡麻と合う」

「ええ。嚙むほどに蛸のうまみと胡麻の香ばしさが口のなかに広がります」

「白い飯と味噌汁が進むな」

「ご飯が進むといえばこの佃煮もおいしいですね。店の主人の手作りだとか」

「手作りといえば、この茄子の漬物は実にいい」

「漬物をおいしく作れるお店はなんでもおいしいものです」

そんなふうに、お佐江と弥之助が感想を言い合っているのを、お勢がまじまじと見つめている。

「おふたりとも、ほんとうにお料理がお好きなのですね」

「あ、失礼しました」と、お佐江が赤面した。弥之助も咳払いをしている。

「ふふ。たしかにここのお料理はおいしいですものね」

「はい」

お勢は再び箸を止めた。

「ところで、父はいつ食事を取ったのでしょうか」

「どうでしょうか……」

と、弥之助が渋い顔をする。

お佐江が箸を置き、視線を落とす。

「これはあたしの考えですけど……何も召し上がっていないのではないかと」

「え？」

お佐江が慌てる。「あくまでもあたしの勘なんですけど……何かを召し上がったような、食べ物のにおいがしないのですよね」

弥之助が最後の味噌汁をのんで、

「佐江がそう言うなら、そうなのでしょう。佐江の鼻は、食べ物のこととなれば人智を超えるから」

お勢が心配げにした。

「お城を出てから何も食べていない……?」

「お茶くらいは出ただろうと思いますけど」

「老中職は幕閣の中枢。たしかに饗応を受けることもあるでしょうが、公方さまは諸事倹約に努めよとのご意向。町人たちのように、ふらりとどこかでうまいものでも、というわけにもいかないのでしょう」

と、多少は政治の世界に詳しい弥之助が補足した。

「……あ、ご老中さまが出てこられましたよ」

門から出てきた忠広が、おっくうそうに腰を伸ばした。

腹が減ったな、と苦笑交じりに口が動いているように見える。家臣が何かを話したが、手を振って忠広は駕籠に乗り込んだ。

忠広は帰城した。

もう夕暮れどきである。

お佐江たちは豊島屋に戻る。一階では今日の仕事を終えた男たちがさっそく酒をのみはじめていた。

「これでやっと仕事が終わったのですね」

と、お勢が言うと弥之助が首を横に振った。

「たぶん、まだ……」

「そうなのですか?」

「今日見聞きしたことをまとめ、他の老中たちと話をしたり、しかるべきところへ指示を出したり、対策を検討したり……むしろこれからがほんとうの仕事かもしれません」

「……そういえば、今日は帰りが遅くなると言っていました」

「普通の役人は昼八つ時には下城できるそうですが」

役人の数が減って静かになってからのほうがはかどる仕事もあるだろうし、将軍からの問い合わせがあれば昼八つ時も何もありはしない。

「…………」

「お勢さまは、あまり暗くならないうちにお屋敷に戻られたほうがいいでしょう」

「はあ……」と頷きかけたが、お勢がまたこんなことを言った。「父は何か食べたのでしょうか」

「そうですね……」

と、弥之助が腕を組む。

「お城で何かしら食べ物が出るのでしょうか」

考えたこともない疑問だった。お佐江は顎に手を当てながら、「お城は、公方さまのお城ですから……」

将軍とその関係者の食事は作るだろうが、通いで来ている老中に食事が出るというのは聞いたことがないのだが……。

「昔は何もなかったそうです。八代将軍吉宗さまになって、昼は惣菜が支給され、夜詰めの者には惣菜だけではなく飯も支給されるようになりました。ただ……」

と、弥之助が口をへの字にした。

「ただ？」

「ご老中さまは昼は城内におられなかったし、夜詰めの役人でもない。はたして用意があるかどうか」

「まったくないのですか？」

「あったとしても、ちょっとした握り飯か、湯漬けくらいかと……」

「…………」

「老中職ですから、言えば何か出てくるでしょう」

逆に言えば、忠広が遠慮したら何も出されないということだろう。

「……わたくし、何も知りませんでした」

一階から男たちの笑い声があふれてくる。

煮込みでも出しているのか、いいにおいもしていた。

一番星が光っている。

「……今日は大変よい学びになりました」

お勢は屋敷へ戻ることにしたようだった。

五

お勢の祝言の日が近づき、内々での祝いの日がやってきた。

老中・松平摂津守忠広は大喜びである。

「娘を嫁にやる父としてはさみしい限りだが、このように祝ってやれ、それも江戸で随一の夫婦包丁の祝い料理を食べさせてやれて、喜ばしい限りだ」

「ほんとうに」と忠広の妻も控えめに微笑んでいる。「江戸の町で流行っている豆腐料理に、御台所頭としての武士の技が加わっている。まさにこれからの江戸の武士にあるべき姿のようですね」

「畏れ入ります」と弥之助が答える。

お佐江は横で静かに頭を下げているばかりだ。

夫婦包丁の作った豆腐料理は、嫁いでいくお勢にもたいへん心に沁みる味だったようだ。

白い豆腐から、色とりどりの料理を物語のようにふたりは作ってみせたのだ。

それぞれ、意味がある。

たとえば――。

菊花豆腐は言うまでもなく、めでたい菊の花にあやかって。

高野豆腐に二本線の焼き目をつけた盾豆腐は、いざというとき徳川将軍を、また江戸市民を守るための盾となる武士の気概を。

湯豆腐は、厳しい人生の冬にささやかな夫婦の心の温かさがまたとない支えとなることを願って。

小さく四角に切って作った礫でんがくは、ときに襲い来る嫉妬の雨あられを乗り越えていけるように。

塩漬けの桜で色づけた桜豆腐は、男たちの言う武士道を女の身に置きかえたときの、儚くも美しく潔い生き様を……。

それらひとつひとつを弥之助は丁寧に説明し、お勢はまるで教えを受けるように神妙に食していた。

味は格別である。

長年研鑽を積んだ弥之助の包丁さばきに、お佐江の鋭敏な舌がついているのである。忠広が喜ぶように、江戸屈指の料理が出来上がったというものだった。

「本日いただいたおいしいお料理、夫婦包丁のおふたりのお心であるとともに、父母の願いでもあると受け止めました。この心を忘れずに生きてまいります」

「そうか。うむ、うむ」とうなずいている忠広の目尻が潤んでいる。

「このようにたくさんお話しになるあなたを見るのは久しぶりです」と忠広の妻が口元をほころばせた。

「祝いの席だからかもしれぬな。――あれを持ってこい」

忠広が控えている家臣に言うと、小さな器が運ばれてきた。

お佐江はなんだろうと覗き込み、忠広を見た。「ご老中さま。それは――」

忠広が涙を隠すように、にやりと笑う。

「ふふ。おぬしら波前藩の大根の漬物よ」

弥之助もお佐江も驚いている。

忠広がお佐江たちに向き直った。

「先日、藩主の酒井どのを訪ねたときに聞いた。お佐江どのが嫁入りのときに、酒井どのがこの大根の漬物の心を説いた、と」

「はい。『武士は贅沢するために生きているのではない。領民のために死ねる人間でなければいけない。わたしはそう自分を戒め、家臣にも伝えてきた。弥之助もそういう波前の男だ。そんな男に嫁ぐのだ。江戸に生まれた、あるいは江戸にいるからといって、決して華美に走らず、波前の大根の漬物のように大地に根ざして人々のために生きてくれよ』と」

「なるほど」と忠広が頷く。

「だからあたしは御仏がこの命を召し上げるまで、波前藩の人々のために生きていく――そうお誓いして弥之助に嫁いだのです」

お勢と忠広の妻が、お佐江たちに目を細めている。

「なんと美しいお話でしょう」

「ほんとうに」と言って、お勢はふと懐紙を口元に添えた。「紅が……見苦しいので直してまいります」

お勢が席を立つと忠広が肩を震わせた。

「はは。もうすぐ人の妻になるというのに粗忽で困る」

「そのようなことは」

と、お佐江が微笑みながら空いた器を下げる。

「これでひととおりですが、最後にもう一品ございます」と弥之助。

「ほうほう。おぬしらの〝最後の一品〟はなかなか曲者だからな」

「畏れ入ります」

忠広が赤い顔で、妻に先日の団子と「この世でもっともうまい酒」の話をしていた。

そのときである。

お勢が戻ってきた。

その手には皿があり、握り飯がいくつかのせられている。

「お勢……?」と忠広が怪訝な面持ちで娘を見上げた。

後ろに、お佐江がいる。

「ご老中さま。最後の一品にございます」

「この握り飯がか？」

「はい」

お勢が忠広のまえに正座した。

「父上。わたくしが作った握り飯です」

そう言って、お勢が深々と頭を下げる。

「なんと」

お佐江が事情を話し出した。

「お勢さまは、実はこの縁談がお気に召さないご様子だったのです」

「え？」

「勘違いなさらないでくださいい。縁談そのものに不服があったのではありません。お勢さまがご不満を抱いていたのは――実はご自分に対してだったのです」

「自分自身にだと？」

お勢が顔をあげる。瞳が震えていた。

「わたくしは父上と母上の娘として、これまで何不自由なく育てていただきました。けれども、わたくしは父上のお勤めのことを何も知らない」

「お勢……」

「父上がわたくしたち家族をどのように守ってくださっていたのか、どのように将軍さまと江戸の人々の安寧のためにご苦労されていたのか、何も知らない」

「それは――仕方あるまい」

忠広が唇を嚙むようにしている。

老中の仕事の内容など、家で話せるものではないからだ。

「でも」お勢はとうとう涙をこぼした。「それではわたくしはあまりに恩知らずな娘のまま他家へ嫁ぐことになります。そのような恩知らずなわたくしが、他家でよき妻、よき母になれましょうか」

「………」

お佐江が、お勢の肩を抱くようにしながら、

「実は昨日、お勢さまとあたしたちでご老中さまの一日をこっそりつけていたのです」

「何？」

忠広が素っ頓狂な声をあげた。忠広の妻が小さくなだめる。忠広の妻も、事情は知っていた。

「一日中、江戸のあちこちに出向き、下城の刻限をはるかに過ぎてお城に戻り、それからもまだまだお仕事をされている。そのお姿を見て、お勢さまはひどく心配なさったのです」

「何を心配したというのだ」

　お勢が言った。

「もちろん、父上のお身体です。――見たところ一日中何も召し上がらず、仕事を続けておられる。知らなかったとはいえ、父上がこれほどお忙しいとは知らず、ぬくぬくと老中の娘として甘やかされていたと、心の底から恥じたのです」

「そんなに甘やかしたりはしていないぞ」

　と、忠広が苦笑交じりに言うと、お勢は涙を拭きながら言った。

「そのやさしさに、いつもわたくしたちは守られてきました」

「お勢――」

「父上のこれまでのご恩にこんなもので報いることができるとは思っていません。もっと早くにすべきでした。――父上、ごはんも召し上がらずのお勧め、まことにありがとうございます。そして、ここまで育てていただき、ほんとうに感謝しています。家にいられる日にちはあとわずかですが、せめてその間は、わたくしの作った握り飯を召し上がってください」

再びお勢が頭を下げると、忠広は涙を堪える表情になった。

白い米の握り飯に、海苔がついている。

なるほど、お勢が作ったというだけあって、形は多少いびつだ。

米が潰れているところもある。

忠広は震える手で握り飯を摑むと、口に運んだ。


ひとくち。

涙があふれた。

米の甘みと塩味の向こうに、お勢が生まれてから今日までの思い出がよぎる。

小さな乳飲み子が、やがて立って、歩けるようになって、言葉を話すようになった。

屋敷に戻るのが遅い夜が続けば、寝顔しか見られなかった。

もっと一緒に遊んでやりたいと思いながらも、休みには遅寝をしてしまったり、今日ぐらいはいいだろうと我慢してもらったり。

そうこうしているうちに、無邪気に遊ぶ年頃ではなくなってしまった。

美しく成長した娘の姿はまぶしいけれども、それは嫁ぐ日が近づいてくることでもある。

縁談が決まり、「その日」は目の前に迫ってしまった。

さみしい。

けれどもそれは、いつか「その日」が来ると知りながら、その事実と向き合おうとしなかった父親の惑い。

さみしい気持ちをぐっと押し殺して、祝言の段取りを喜びで進めてやるのが、最後にできる思いやりだろう。

それなのに――。

「ああ……実にうまい」

その言葉に、忠広の妻も、お勢自身も両目から熱い涙を流している。

「――よかった」

忠広は武骨な手で涙を拭い、涙を流しながら笑い、握り飯を頬張っている。

「上手にできている」

「ありがとうございます――」

不格好だとわかっているのに、父はこんなときもやさしかった。

なかに入っている梅干しの酸っぱさが、どこか懐かしく心に触れるようだ。

「一緒に食べよう」と忠広と妻とお勢が、それぞれに握り飯を食べる。

涙で食べはじめた握り飯が、やがて三人の笑顔に変わっていった。

その姿を見ながら、お佐江は袖で目元をそっと押さえる。

握り飯をのみ込んだ忠広が、お佐江たちに頭を下げた。

「やはりおぬしたちに頼んでよかった」

「もったいないお言葉でございます。お勢さまのお人柄がすばらしいからですし、そのようにお育てになったご老中さまと奥方さまの人徳の賜物です」

忠広は首を振った。

「いやいや。わしは何もしてやれなかった。だが、家を出る子から最後にこのような身に余る報いを受けるとは――。おぬしらのおかげだろう」

「とんでもないことでございます」

最後の握り飯を取ろうとした忠広が、ふと涙を止めて宙を見た。

「そうだ。これなら、あのうるさい備前を黙らせられるかもしれぬぞ」

「ご老中さま……？」

備前とは、外様大名嫌いで有名な木村備前守保正である。

鈴虫が鳴いている。

白い月が冴え冴えと輝いていた。

六

いよいよ老中四人をもてなす日がやってきた。

お佐江や弥之助ら波前藩の包丁人たちは、夜明け前から加賀藩江戸上屋敷の台所に入っていた。

さすがに加賀藩御膳方・大木貞安はまだ出てきていなかったが、知らせを受けてすぐに飛んできた。

「もう始めるのですか」

貞安も武士である。寝起きとは思えぬ身なりである。

「はい」と、白襷も美しく、お佐江が答えた。

貞安が困惑している。

「しかし、このような時間から何を」

お佐江たちは黒い絹布の上に米を何度も散らしている。

「今日の御膳の米を選別しています」

「打ち合わせで、わが藩の米と貴藩の米を混ぜて使おうという話だったと思いますが」

「その内容のままです。けれども、米の大きさについては決めていなかった」

「米の大きさ？」

「大木さま。大根や人参を煮物に使うとき、どのようにお切りになりますか」

「火の通り方、味の染み方などを考え、同じくらいの大きさに切っていくが……」

貞安がますます険しい顔になった。「まさかその考えを米にまで――？」

お佐江がうなずく。

「米も火の通りを考えれば同じ大きさのほうがよいのです。食べたときにもおいしい。試してきました」

黒い絹布の上に米を散らしては、欠けているもの、小さいものなどを取り除いているのだ。大きすぎるのもいけない。けれども、米に違いはないから、あとで藩内で食べるぶんにはなんの問題もない……。

それを必要とするだけの分量の米に対して行うのだ。

気の遠くなりそうな話だった。

波前藩の米については昨夜のうちに選別を終えている。

そのせいか、お佐江や弥之助たち波前藩の包丁人の選別作業は手慣れていた。

弥之助が居合い斬りのように鋭く速く米を選んでいる。

「なぜ、というのは愚問でしょうね」

「はい。あたしたち波前藩は、加賀藩と比べれば貧しい。どんな料理を並べてもそれとわかってしまう。けれども、ただ材料や料理の豪華絢爛さを競うのではなく、手間暇をどこまでも惜しまないということなら――肩を並べられる」

それは、お勢の握り飯に教えられたことでもあった。

これまでのお勢は料理が上手ではなかった。けれども、父への感謝を胸に、丁寧にひとつひとつの基本を大事に手間暇を惜しまずに作れば、伝わるものがあるのだ、と。

加賀もそうだが、波前は寒い。

その寒さのなかで、人々は懸命に生きている。

凍る大地に鍬を入れ、雪を押しのけて、生きているのだ。

米の選別、魚の小骨や血合いの処理、寸毫違わぬ野菜や魚や肉の切り方。

大地に根を張って生きる民の力強さと勤勉さをそこに表そうとしていた。

「わが藩の藩主・酒井重親は、『主君のため、民のために死ねることこそ武士道』と、わたしたちに教えています。その心を、料理に引っぱってきたいのです」

と、御台所頭の正装として烏帽子に素襖、白襷の弥之助が手を休めて笑った。

「荒木どの。御台所頭の貴殿まで……」

「大木どの。ご存じと思いますが、わたしは何者かに襲われて以来、包丁人としての命である舌が鈍くなってしまった。ふつうなら包丁人としては、将来をあきらめるところ」

「けれども、ご新造さまが貴殿を支えているのですね」

弥之助が苦笑する。

「そう。支えてくれている。それを忘れると、先日の打ち合わせのようなお見苦しい姿を見せることになる」

「………」

「父祖伝来の包丁技を華々しく披露するだけが、包丁人の仕事ではないと思うのです」

と、弥之助は、お佐江の肩を小さくたたく。

お佐江は米を次々と選別していた手を休めた。

「領民が作ったり獲ったりしてくれた材料への敬意こそが包丁人の極意だと、あたしは思います」

「なるほど」と貞安がむっつりした顔のままうなずく。「今日の料理は、外様大名の意地であるとともに、本物の包丁人の意地だということですね」

貞安が襷を締め、台所に降り立った。手を洗った貞安は、ともに米の選別をしはじめた。

米の選別が終わる頃には、日が高くなっている。

「かかれ」と貞安が合図すると、竈(かまど)に火が入れられる。

「なれない台所だと言い訳するなよ」と弥之助が波前藩の者たちを叱咤する。「普段、波前藩の領民の顔を思い浮かべて包丁を振るっているのを、加賀藩の民の顔もあわせて思い浮かべよ。彼らへの感謝を忘れるな」

井戸から水がくみ上げられて運ばれてくる。

野菜や魚や肉に包丁人たちが挑みかかる。

お佐江は丁寧に選別した米を、手早くも心を込めて洗っている。

米に水を吸わせているあいだに、次の食材に取りかかっている。

「加賀藩の包丁人たちよ。波前藩の丁寧さに負けるでないぞ」

と貞安が大きな声で呼びかければ、台所の喧噪を破って「はい」と返事がくる。

「弥之助さま」と、お佐江が野菜の切り方を弥之助に確認した。

「うむ。これでいい」

「ありがとうございます」

鮑(あわび)や鯛など、高級な食材は加賀藩に任せる。

彼らのほうが、さばいた数が多いからだ。

お佐江たち波前藩の包丁人たちは、一見地味に見える煮物やなますや鰯などに心を込め、膳のすべてに神経が行き届くように下支えしている。

「鮑の味をお願いします」

と加賀藩の包丁人が貞安に味を見てもらう。

小さく口にした貞安は、「波前藩の御台所頭にも味を見てもらえ」と指示した。

波前藩の御台所頭とは、言うまでもなく荒木弥之助だが味を見るのは、お佐江である。

これには加賀藩の包丁人が驚いている。

「あの女子に、ですか」

「馬鹿者」と貞安が一喝した。「今日の膳は加賀藩だけの膳ではない。波前藩の膳でもある。波前藩の作る料理と調和が取れていなければいけない。そして、両藩合わせてもっとも研ぎ澄まされた舌を持っているのは、お佐江どのだ」

叱られた包丁人だけではなく、波前藩の者たちも驚いている。

誰よりも、お佐江が目を見張っていた。

貞安が糸目のまま、にやりと笑う。

「お返しにいただいた煮物、とてもおいしかったですよ。それがしの作る煮物よりも」

お佐江は熱いものがこみ上げてくるようだった。

「お佐江」と弥之助が呼びかける。

「はい」

「堂々と味見をさせてもらいなさい」

お佐江は味見をした。

「さすがです。ただ、間に合えばごくわずかに塩を。そうしたほうが同じ膳の他の料理との味の調和が取れると思います」

加賀藩の包丁人が貞安を振り返る。

「ご新造の指示に従いなさい」と貞安が命じた。

「大木さま。あたし――」

「なんの。その代わり、そちらの料理をそれがしにも味見させていただきたい」

「はい」

こうして互いに味を確認し合い、ときに味の変更を要求し、ときに歩み寄り、本膳、二の膳と準備されていく。

米も炊けた。

お佐江が釜のふたをあげれば、白い湯気が軽やかに頬をなで、甘い香りが鼻腔をくすぐる。おお、と周囲の男たちが、どよめきの声をあげた。

「まるで白い宝玉のようだな」

と、弥之助が言うと貞安もうなった。

「これほど輝いている飯を見たのは初めてだ。――しかし、少し量が多い気がするが」

「これでいいのです」と、お佐江が自信ありげに答える。

お佐江も、忙しい。

波前藩の包丁人たちは、お佐江を頼り、味を決めてもらっていた。

その様子に、好奇の目で見ていた加賀藩の包丁人たちも鎮まり、いつのまにか「塩はこれでいいか」「煮物の風味はどうか」「だしの香りはこれでいいか」など、お佐江に自然と問うようになっていった。

貞安が苦笑する。

「ふふふ。これでは波前藩とわが藩の合作というよりも、波前藩の下請けをわれらがしているようだ」

「あ、ごめんなさい。出すぎた真似を」

と、お佐江が謝ろうとすると、貞安が仁王のような表情に戻って、それを止めた。

「真に剣術に生きる者は、剣のすぐれた者をすぐに見分け、学ぼうとする。われら包丁人もまた同じ。舌がすぐれていると認めれば、その者から学ぶのみです」

お佐江にもわかる気がした。江戸の佃煮も、飯屋のぶっかけ飯も、うなぎの蒲焼きや料理屋の料理も、おいしいと思ったものはどうやって作っているのか教えてほしいし、また自分でも再現したいと思うからだ。

弥之助が周りに言った。

「他の料理が、この米の飯に負けるなよ」

はい、と台所全体から声が返ってきた。

藩の垣根を越えて、加賀藩と波前藩がいつのまにかひとつになろうとしていた。


「ご老中さまたちがお揃いになりました」

と知らせの声がする。

すると、お佐江が包丁を置いた。

「こちらも始めましょうか。——入ってもらってください」

お佐江が呼びかけると、勝手口が開く。

「これはいったい……」

貞安や加賀藩の者たちが戸惑った。

——いよいよ膳が運ばれはじめる。

七

本日は七の膳までの料理と、お土産としての八の膳までだった。

老中たちが食べ終わると、弥之助と貞安が呼ばれた。

お佐江も同行する。

四人の老中のなかで、今月の月番である松平摂津守忠広が笑顔を見せた。

「実にすばらしいもてなしであった」

「畏れ入ります」と弥之助と貞安が頭を下げた。

お佐江は無言で同じく頭を下げる。

「わしは鮑がよかった。あれだけやわらかく煮るのは生半可なことではあるまい」

と忠広が言うと、他の老中も、「わたしは鰯の山椒煮がとてもよかった」「わたしは鴨と野菜の煮物が」と気に入った料理をあげた。

すると、四人目の老中、木村備前守保正が作り笑いを浮かべながら、別のことを言った。

「女が包丁人とは。噂には聞いていたが、貧乏外様はいろいろ苦労しているようだな」

保正の目が笑っていない。

こういう謂れない中傷には、どうしてもなれない。お佐江が小さくなった。

貞安が思わず顔をあげようとしたが、弥之助が先に口を開いた。

「左様にございます。わが藩は貧乏。ゆえに男も女も働きます。みなの笑顔のため、公方さまへの感謝のために働くのに、男や女の違いがありましょうか」

弥之助が胸を張り、お佐江への中傷を受けて立っている。

保正は「む」とうなり、弥之助を睨んだ。

だが、弥之助は怯まない。

「わたしはくせ者に襲われ、満足に味を定めることができません。しかし、まだ御台所頭を務められる。それはひとえに、わが妻の天来の味覚があればこそ。夫のひいき目なしに見ても、佐江はわが藩最高の包丁人でございます」

忠広が笑う。

「はっはっは。備前守どのは何が気に入ったと先ほどおっしゃっていたかな」

「桜豆腐と、つやつやした白飯です」

忠広が、お佐江に首を伸ばす。

「桜豆腐の味を決めたのは誰だ」

「はい。あたしです」

「白飯をここまで上手に炊いたのは誰だ」

「えっと……」と、お佐江がどこから説明しようかと考えていると、貞安が口を挟んだ。

「米をこのようにすばらしく炊いたのは、お佐江どのにございます」

保正が複雑な顔になっている。忠広が言った。

「なんだかんだ言っても、胃の腑は正直ですな」

「………」

忠広が、お佐江に目を転じる。

「最後の一品を頼む」

「はい」

と、お佐江が愛想よく答えた。

「最後の一品……。まだあるのか？」

と保正が怪訝な表情をしている。

裃を着た男たちが、配膳に入ってきた。大きな脇取盆の上に小さな皿がのせられていて、それぞれに握り飯が二個ずつ置かれていた。

四人の老中のまえに握り飯が置かれた。

白い飯ではなく、菜飯を握ってある。

「ささ、どうぞ」と、お佐江。

保正がますます顔をしかめている。

「最後の一品というから、どんなものが出てくるかと思えば握り飯。しかも、こんな不格好な」

保正がそう言うのも無理はなかった。いままでの洗練された膳の品々と比べて、この握り飯は素朴で質素で、何よりひとつとして同じものがない。それぞれが微妙に大きさや形が違っているのだ。

忠広が手に取り、うまそうに頬張る。

「うまい。菜は大根葉に塩をふったものか」

「左様にございます」

他の老中たちも握り飯を食べてみる。

「うむ？」

「お、これは」

「……いい塩加減だ」

と、互いに顔を見合いながら笑みが漏れている。

お佐江がにっこりした。

「それはそうでしょう。何しろその握り飯は、ご老中さま方の味の好みをよく知っておられる人――ご老中さま方のお子さまたちがお作りになったのですから」

え、と老中たちが異口同音に驚きの声を発した。

忠広だけは驚いていない。

この趣向、お勢の先日の握り飯を食べた忠広が持ちかけたことだからだ。

「お入りください」と弥之助が促すと、お勢と三人の若い娘が入ってきた。

「おみつ」と保正が真っ先に声をあげた。

「しげ」「お梅（うめ）」と、残りふたりの老中もわが娘の名を呼ぶ。

弥之助が説明する。

「この菜飯の握り飯は、かつて神君家康公が関ケ原の戦いで勝たれた頃にはもう食べられていたそうです。戦国の頃は、いざ戦となれば女たちが総出で飯を炊き、握り飯やごちそうを作り、戦勝を祈願したとか」

お勢が娘たちを代表して、続けた。

「公方さまのご威光のおかげで平和な日々を過ごしていますが、老中たる父上方はその平和を守るために日々、戦働きもかくやのご活躍と伺っています。本日は饗応の席が設けられると聞き、日頃の感謝の思いを形に表したく、出しゃばった真似をいたしましたこと、平にお許しください」

他の老中が目を白黒させているなか、忠広は鷹揚に頷いた。

「心遣い、うれしく思う。――これからもわれら老中、粉骨砕身の思いで公方さまをお支えし、働いていかねばなりませぬな」

忠広の言葉に、他の老中たちも頷いたり、一言二言つけ加えたりして、娘たちに威厳を保とうとする。

弥之助と貞安があらためて、保正に平伏した。

「天下太平の世にあって戦の心を忘れぬ姿をお示しいただき、感謝に堪えません。おもてなしをせよというご下命を通して、われら外様の者に大切な臣下の心得をお説きくださり、まことにありがとうございました」

と貞安がするりと言上する。

「う、うむ……？」

「あえて備前守さまはじめご老中さま方へ挑ませるような形を見せながら、このような薫育指導をいただけましたこと、これからも大切に謙虚に家臣の道を歩んでまいります」

弥之助が朗々と感謝の弁を述べれば、保正の娘・おみつが父を見直したとばかりにきらきらする目で見ているではないか。

残りふたりの老中たちも「ほう、備前守どのにはそのようなお考えがあったのか」

「いつも外様を嫌うような発言をしているが、なんと心憎い」と褒めそやしはじめる。

酒と愛娘の握り飯に酔っているのだろう。


いかな保正といえど、愛娘のまえで外様大名を外様だからという理由でこき下ろすことは難しいだろう――忠広の発案である。

おそらく保正は、自分と同じく仕事仕事で娘にまことの己が姿を見せていないはず。

普段は見られない父の老中としての姿を見られるのは、娘にもよいことのはずだ。

その忠広の目論見がずばり当たったのだ。


忠広が手をたたくと、他の老中たちもひとり、ふたりと手をたたいた。最後は保正も、やや嫌そうな目をしながら手をたたく。

「本日のもてなし、まことに感服した。ありがとう」

忠広が言った。四人とも満足させることができたのだ。

なお、このあとさらに保正が悔し紛れに「大根の漬物がうまかった」と漏らし、「それこそ波前藩の献立の肝よ」と忠広が笑ったものである。

結果を聞いた台所の包丁人たちは、藩の壁を越えて抱き合って喜んだ。

八

歓声に沸く台所を一瞥して奥へ下がろうとする男がいた。

髪に白いものがだいぶ目立つ。

台所から出た貞安が目ざとくその人物を見つけ、声をかけた。

「父上」

「なんだ」

呼び止められた男、大木貞安の父・大木秋貞(あきさだ)が振り返った。背が低い。貞安に比べると、というよりも並の武士から見ても小男である。だが、顔つきは貞安に似ている。もっと渋りきったような顔をしていたが。

「ご老中さま方を納得させる膳を出せました」

しかし、秋貞は唾棄した。

「くだらぬ。波前などという雑魚と手を組んでの膳など、加賀の料理にあらず」

「…………」

「わしがおまえに教えた包丁の技は、天下一の技だったはず。それを錆つかせたか」

「そのようなことは決して」

「ではなぜ贅を極めた加賀の料理こそ天下一だと知らしめなかった」

「贅を極めることが、すなわち天下一の料理ではないと思うからです」

「何？」秋貞がねめつけるようにしてくる。

「それは父上もお気づきなのではないのですか」

「なんだと」

「だから、夫婦包丁、お佐江どのを『長八』に引き抜かせようとした」

秋貞の表情が消えた。

「証拠は？」

「『長八』の長次郎は、加賀藩で包丁を取っていた人物が、お佐江どのの腕を惜しんだと言っていたと聞きました。それはいま包丁人をしていない人物ということ。たとえば――包丁人をやめて隠居している人物」

「…………」

「わたしの知る限り、そのような人物で、いまなお『長八』に通うような者は、父上をおいて他にいません」

秋貞が沈黙していると、貞安の背後から、お佐江と弥之助が出てきた。

「いまの話、まことにございますか」

と、お佐江がまっすぐ見つめるが、秋貞は無表情のままだ。

「親子の会話を盗み聞きとは。下品な藩よ」

「わたしはてっきり大木どのが裏で糸を引いていたと思っていたが、まさか御尊父であったとは……」

と弥之助が言うと、貞安が少しだけ笑った。

「ひどいですね。わたしはこんなに善人顔なのに」

「ご無礼いたした」と弥之助が生真面目に頭を下げる。

「父は父なりに加賀藩を愛し、加賀藩の料理を愛し、それに携われる包丁人の仕事を誇りに思っていた。わたしに自分の技のすべてを伝え、あっさり隠居したのもわたしを独り立ちさせるための父なりの配慮ではあったのです」

と貞安が説明すると、秋貞は鼻を鳴らした。

「ふん。そのとおりだ。こやつはわしより才能がある。こやつの包丁は並ぶ者なしだ」

「ところが並びそうな者が、夫婦包丁が出てきた。それで『長八』をけしかけたのですか」

弥之助の詰問に、秋貞の代わりに息子の貞安が頭を下げた。

「父のしでかしたこととはいえ、まことに申し訳ありませんでした」

「大木どの……」

秋貞は顔を歪めて、「なぜおまえが謝る必要があるのだ」と叱っている。

「そんなこともわからぬのですか、父上」

「出る杭は打つ。この江戸でいちばんの包丁人の武士はおまえだ。そのためならわしはなんでもする」

「――たとえば暗がりに刺客を放つとか、ですね」

貞安の言葉に秋貞が憎悪を浮かべた。

「何を馬鹿な」

「『長八』の件で嫌な予感がしたのです。だから、内々に調べさせてもらいました。ご老中さま方のほうで手一杯になる今日を見計らって、あなたの指図で刺客を雇った者は捕らえました」

秋貞が蒼白になる。

「父に向かってなんということを」

「あなたはたしかに父であり、料理の師でした。だが、料理人の命とも言える腕を狙い、企んでいなかったとは言え舌の感覚を奪った。――そのような人間は、加賀藩には必要ない」

貞安が細い目を見開いて大喝した。

秋貞が震えている。

「わしは何もしておらん。斬ったのは刺客どもよ」

「父上、あなたは――」

とうとう貞安が父親の衿を摑んだ。

弥之助は言葉を失い、肩で息をしている。

「弥之助さま」と、お佐江が弥之助を支えるようにした。

「大丈夫だ。大丈夫……」

そう言いながらも、弥之助はよろめく。

そのときである。

お佐江が、夫の身を支えながら、ゆっくりと口を挟んだ。

「あたし――なんとなくわかる気がします」

「何？」と弥之助。

「もちろん、いろいろ許せないことはあります。けれども、根本のところはわからないでもないのです」

「根本のところ？」

「摂津守さまが嫁ぐ娘の幸せを願っていたのと同じ、子を思う親心ではないでしょうか」

「……知ったふうな口を」と秋貞が口を歪めている。

「ええ。知ったふうな口です。あたしの知っている〝子を思う親心〟は、誰かの不幸の上にあるものではありませんもの」

そう言って、お佐江は一度台所に走り、小さな器を持って戻ってきた。その器を、お佐江は秋貞に突き出す。

「なんだ、それは」

「大木さまはこの大根の漬物を食べられますか？　波前藩の人々が、自分と自分の家族、何よりも大切な子供たちのために、貧しくとも丁寧に磨き上げてきたこの漬物に、藩は違えどひとりの武士として恥じるところはないですか？」

「ああ、食えるわ」

手を伸ばしかけた秋貞の腕を、貞安が摑んだ。

「父上。残念ながら、いまのあなたには、この漬物を頂戴する資格はない」

秋貞が悔しげにし、腕の力を抜いた。

近くの包丁人を呼んで秋貞を奥の間に連れていかせると、あらためて貞安が、お佐江と弥之助に頭を下げている。

「おふたりにはたいへんなご迷惑をおかけしました。父については反省を促すつもりですが、それがしも責を負いたいと思っています」

「大木さま……？」と、お佐江が首を傾げる。

「今日のおもてなしを最後に、それがしは御膳方の職を辞し、包丁を捨てようと思うのです」

「ええっ⁉」

お佐江と弥之助が同時に叫んだ。

「あのぉ。そこまでなさることはないのでは」それともこれが男たちのあり方なのだろうか。お佐江にはわからなかった。「弥之助さま。なんとか言ってください」

貞安も険しい顔つきで弥之助に尋ねた。「荒木どのならわかってくれよう」

ふたりから見つめられて、どうしたものかという顔をしていた弥之助だが、首を振りながら、「大木どのが罰を受けることはないのではないだろうか」と、お佐江に味方する意見を述べた。

「なぜそのようなことを。あなたは包丁人の命である舌を失ったのです」と貞安が呻く。

「だが、おかげで、佐江を迎えることができた」

「弥之助さま……」

弥之助が貞安に笑みを見せた。

「大根にとっては、新鮮なうちに料理に使われず、軒下につるされて寒い風に吹かれるのはつらいことでしょうな。けれども、そのおかげでとれたての大根にはない滋味のある、豊かな漬物になっていく。人生も似たようなものかもしれませぬ」

「荒木どの……」

「不幸や苦しみがあっても、それが幸せに転ずることもある。われらはみずからの生き方をいかに料理すべきかを、神仏に問われているのかもしれませぬ」

お佐江が、まだ何か言いたそうな貞安に言った。

「夫がこう言っているのですから、そうなのです。それに大木さまが包丁人をやめてしまったら、お料理で弥之助さまと競ってくださる人がいなくなってしまいますもの」

それは同時に〝夫婦包丁〟のひとりである、お佐江の好敵手がいなくなってしまうことも意味しているのだが、自分からそのように言うのは気恥ずかしかったので黙っている。

「………」

貞安が糸目のまま、足下を見ていた。その背中を、弥之助は軽くたたいた。

「お父上のことも、罰が必要だとしてもできるだけ軽くすませてほしい」

「荒木どの……？」

「さっきも言ったであろう」と弥之助は、お佐江を振り返った。「刺客に襲われなければ、わたしは三国一の妻を娶ることはできなかった」

貞安は弥之助をじっと見た。

「のろけか」

「のろけだ」

貞安がにやりと片頬を持ち上げている。

「包丁の技だけではなく、人間としても、わたしは負けたようです」

「それは仕方がないですよ」と、お佐江がにっこり笑った。「だって、あたしたちはふたりでひとつの〝夫婦包丁〟です。ふたりで勝負するのですから、負けません」

貞安はあっけにとられたように、お佐江を見ていたが、とうとう笑い声をあげた。

加賀屋敷の中庭に、十七夜の月がかかっている。


ひととおり終わって、みなで洗い物が始まった。

波前藩の者も加賀藩の者も、みな今日の膳を振り返り、互いに批評し合いながら鍋釜や椀を洗っていく。

どの顔も今日のおもてなしの余韻に興奮している。

鍋を洗いながら、貞安が弥之助に小声で話しかけた。

「荒木どの。まことに申し訳なかった。正式に謝罪を――」

「もうよしましょう。悔やんでもしかたがない。わたしも、おぬしも」

貞安が鍋を洗い、弥之助がまな板を洗う音がしている。

しばらくして、貞安がこんなことを言った。

「われわれ包丁人は、毎日毎日、食事を作るけれども、それは作るよりもはるかに短いあいだに食べられて、食べた物を片づけて洗い物をして、その繰り返し。正直なところ空しくなったことはありませんか？」

弥之助は、まな板を洗っていた手を止めた。貞安の糸目の薄笑みからは、いかなる心の動きも読み取りにくい。だが、貞安はきっと本心を吐露しているのだと弥之助は思った。

「わたしも、同じ気持ちになったことはあります。数えられないくらいに」

「いかさま」

「包丁を握るよりも出世をし、家老となり、幕府との強いつながりを作って政に関与するほうが、武士としてよい仕事をしているのではないかと悩んだこともあります」

「わかります」

と貞安がしきりに相づちを打つ。

弥之助はまな板を再び洗いながら続けた。

「けれども、そうではなかった。人は飯を食わずに生きてはいけない。殿や他の方々を支えるのはわれらが作った米の飯。そして、米も野菜も魚も、そのままではうまくない。手間暇をかけて大切に料理してやれば、見違えるほどにうまくなる。その味を引き出してやれるのは藩のなかでわれらしかいない」

貞安が洗い終わった鍋をひっくり返して腰を伸ばすと、弥之助を凝視する。

「毎日は同じように見えながら同じ日はなく、まったく同じ料理もまたなし。一期一会。殿たちに天下万民のために働いていただくための一大事として、荒木どのは御台所頭をされているのですね」

「とはいえ、毎日毎日そのように思えるほど、わたしはまだ人間ができていない」

弥之助も腰を伸ばした。洗い終わったまな板は光るようだった。

他の者も洗い物はほぼ終わっている。

貞安は襷をほどいた。

「禅にあります。粥を食べ終わったか。食べ終わったなら、茶碗を洗っておけ、と。凡事徹底。ごくふつうの人としての生き方のなかに御仏の道もある……」

「わたしにはそれしかできないだけです」弥之助も襷をほどく。「それを教えてくれたのは、佐江でした」

急に自分の名が出て、お佐江は驚いた。

「何か、ありましたでしょうか」

「なんでもない」と弥之助が短く答える。

しかし、貞安は言った。

「人間、自分がどんな花を咲かす定めかはなかなかわからないものですが、おふたりは夫婦包丁という名の二輪草だったのだとつくづく思い知らされていたところですよ」

「はあ……」

少し難しくて、お佐江はどう答えたらいいかわからなかった。

すると、弥之助がいつものむっつりした表情で、お佐江に言う。

「お佐江。そろそろお暇しよう。屋敷で殿と俊姫さまが待っておられる」

「はい」

すでに夕食は終わっているだろうが、よい佃煮などを少しわけてもらった。

これで湯漬けを作って食べてもらいながら、今日の報告をしよう。

波前藩江戸上屋敷の重親や俊姫が、おいしい湯漬けに舌鼓を打つさまを思い浮かべると、お佐江の顔は自然にほころぶのだった。

本書は書き下ろしです。

本書はフィクションであり、実在の人物および団体とは関係がありません。

夫婦包丁のおしながき

遠藤遼

2024年12月5日　第1刷発行

発行者　加藤裕樹
発行所　株式会社ポプラ社
〒141-8210　東京都品川区西五反田3-5-8
JR目黒MARCビル12階
ホームページ　www.poplar.co.jp
フォーマットデザイン　bookwall
組版・校正　株式会社鷗来堂
印刷・製本　中央精版印刷株式会社

N.D.C.913/303p/15cm　ISBN978-4-591-18410-3

P8101505